长江下游江心洲
冲积岛 I－69/55
杨人工林

长江下游江心洲
洲头欧美杨80号
人工林

长江中游水网区丹红
杨、巨霸杨人工林

滩地洪水淹没景象

不清除芦苇，造林当年
与杨树一样高

造林时清除芦苇，翌年仍
有芦苇生长，高约1米

未修枝的杨树人
工林，侧枝密生，
树干弯曲

未修枝的 I－69/55 杨树冠

6年生 I－69/55
杨树修枝对比，
左侧未修枝，右
侧修枝 1/3

杨树人工林间种旱稻

杨树人工林间种
小麦和蚕豆

杨树人工林间种油菜

长江中下游平原
杨树集约栽培

陈章水　编著

金盾出版社

内 容 提 要

本书由中国林业科学研究院林业研究所陈章水研究员编著。内容包括：长江中下游平原杨树宜林地、气候、土壤及植被；杨树栽培采用的品种；南方型杨树生理生态特征，杨树生长与洪水、芦苇的制约关系；杨树人工林生长进程预测、生长规律分析；杨树生长阶段的划分、栽培密度及主伐年龄、丰产林主伐利用及经济效益分析；南方型杨树生物量及木材材性；丰产林栽培关键技术的论述等。内容真实、丰富、技术实用，适合广大基层林业专业技术人员、农村林业工作者、林场工人、杨木加工企业、林业科技工作者及林业院校有关专业师生阅读和参考。

图书在版编目(CIP)数据

长江中下游平原杨树集约栽培/陈章水编著．—北京：金盾出版社，2008.12

ISBN 978-7-5082-5393-0

Ⅰ.长…　Ⅱ.陈…　Ⅲ.长江中下游平原—杨属—栽培　Ⅳ.S792.11

中国版本图书馆 CIP 数据核字(2008)第 146910 号

金盾出版社出版、总发行

北京太平路 5 号(地铁万寿路站往南)

邮政编码:100036　电话:68214039　83219215

传真:68276683　网址:www.jdcbs.cn

封面印刷:北京精美彩色印刷有限公司

彩页正文印刷:北京蓝迪彩色印务有限公司

装订:北京蓝迪彩色印务有限公司

各地新华书店经销

开本:850×1168 1/32　印张:6.875　彩页:4　字数:165 千字

2008 年 12 月第 1 版第 1 次印刷

印数:1～8 000 册　定价:14.00 元

前　言

在我国，杨树栽培地区主要在北亚热带以北，跨越北亚热带、暖温带和中温带，地处湿润、半湿润、半干旱和干旱地区。主要分布于23个省、自治区、直辖市，分布区域十分广泛。笔者按照地理特点和杨树生长水平等因素，将全国杨树主要分布区划分为十三个栽培区。长江中下游平原地区属于其中的第Ⅴ栽培区，是杨树生长水平较高，发展潜力较大的一个区域。

1981年以徐伟英教授为组长的中国杨树委员会杨树考察组，在长江中下游进行了比较全面的实地考察，为该地区的杨树发展提出了很多科学论点。我作为考察组的秘书和成员参加了这一次的考察。从此以后一直到1998年，我在这一地区为杨树栽培的科学研究和实践工作了18年，积累了一些研究成果和资料，现将之成书发表。

杨树栽培是一门应用学科，栽培技术成功的关键是如何能切合实际地采用先进的科学技术措施，以期达到较高的经济效益和社会效益。本书期望能对当前长江中下游平原杨树栽培有所贡献。

陳章水

2007年12月

目　录

第一章　长江中下游平原的地理特征

一、长江中下游平原的杨树宜林地

长江从平均海拔4 000米以上的青藏高原倾泻而下，在四川盆地接纳了上千条支流，然后涌入三峡，江水为之一束。待江水流出三峡时，地势陡然开阔，落差急剧减小，开始向两湖（湖南、湖北）平原漫游，然后东进江西、安徽、江苏、上海诸省、市，直泻东海，全长6 300千米，流域面积达180万平方千米。

在明清两代，长江中上游原始森林受到毁灭性的采伐和破坏，造成长江中游湖泊淤塞。20世纪初，随着中下游围湖造田逐渐达到高潮，长江上游山林的砍伐也超过了历史上历代刀耕火种的强度。至20世纪50年代，在川西、滇西的高山峡谷间，还生长着大面积的郁郁葱葱的原始森林，对长江上游流域起到有效的水土保持作用，但从20世纪50年代成立川西第一个森工单位——川西林业局开始，就在川西的阿坝、甘孜、凉山逐渐铺开，全面砍伐岷江、大渡河、雅砻江、金沙江流域和嘉陵江上游的原始森林，当时的口号是“砍一片山就要砍光，修一条路就要运尽。”即称之为“肥水快流”。真所谓一木出林，万物遭殃。林中的飞鸟、走兽、昆虫、植被不但逐渐消亡，该地土壤也很快流失。据调查，金沙江是长江上游输沙量最大的河流，年平均输沙达2.8亿吨，约占长江上游总输沙量的一半，其年输沙量最高竟达5亿吨。长江流域每年的侵蚀总量高达24亿吨，其中18亿吨发生在上游地区，6亿吨发生在宜昌以下的中下游地区。湘、资、沅、澧四水每年带入洞庭湖的泥沙量高达2 400万吨，加上长江带入的大量泥沙，洞庭湖每年要减少约1亿立方米调蓄容积。1949年以后淤积在洞庭湖的泥沙大约

60亿吨，占同期洞庭湖容积净减值的30%以上。天然洲滩的面积以每年40万公顷的速度扩展。昔日6 000平方千米的洞庭湖，到1979年缩小到2 691平方千米。

从洞庭湖湖口的城陵矶顺江而下，就是方圆达3 000平方千米的鄱阳湖，鄱阳湖有修水、赣江、抚河、信江和饶河汇入，这鄱阳五水与洞庭四水同样混浊，河床抬高，泥沙淤塞，在水利设施严重淤积的情况下，每年仍有2 419.8万吨泥沙被带入鄱阳湖，使湖床每年抬高2～3毫米。鄱阳湖由于被围垦，其面积在过去50年中从5 050平方千米下降到3 583平方千米。据统计，在长江中下游一带，面积大于10平方千米的湖泊共有117个，这些湖泊周围淤积的滩地逐年扩大，其中著名的鄱阳湖、洞庭湖、洪泽湖、巢湖的泥沙年淤积量分别为：1.3015×10^7、1.45×10^8、2.76×10^6、2.8×10^4吨。

由于长江上游水土严重流失及历史上的长期积累，在中下游积累成各种类型的冲积洲、滩。根据形成原因，可分为：江积滩地、河积滩地和湖积滩地；根据冲积物堆积的形状及位置的特征，可分为：浅滩、漫滩、三角洲、半岛、江心洲(岛)；根据人为干涉后形成的类型，可分为：堤外滩地、堤内围垦滩地。在洞庭湖区称之为垸外滩地和垸内围湖区。在长江下游称之为圩外或圩内滩地。

按照长江航道的地理特征划分，从湖北宜昌至江西的湖口段称之为长江中游，湖口以下称之为长江下游。在此长江中下游范围内，有汉水等十条大小河流直接注入长江，在这些河流的两岸形成大小不等的河滩地、江滩地、三角洲、江心洲岛。

这些滩地、洲岛，在夏季洪水期均遭洪水淹没1～3个月，平水及枯水期退水后露出地面，属于不能正常耕作的湿地，是长江中下游栽植杨树的主要场所。这类土地的面积没有经过专门统计，难以估算出比较可靠的数据，中南林学院陈永密教授认为洞庭湖区平原总面积为137.38万公顷，鄱阳湖流域平原总面积约为100万公顷。经笔者与安徽省林业厅卜基保高级工程师初步统计，安徽省长江中下游平原江湖洲滩面积约为4.5万公顷。

从地理学观点出发，长江中下游平原是指三峡以东的长江中下游沿岸带状平原。北界淮阳丘陵和黄淮平原，南界江南丘陵及浙闽丘陵。它由长江及其支流冲积而成。中游平原包括湖北汉江平原、湖南洞庭湖平原（合称两湖平原）、江西鄱阳湖平原。下游平原包括安徽、江苏长江沿岸平原以及长江三角洲地带。

从杨树栽培特点出发，考虑到我国气候区划中北亚热带湿润气候的界区，从而长江中下游的界限界定为：北界淮河南岸平原，南界长沙、南昌、杭州一线以北。

在上列地界内，所有的各种类型的平原、冲积滩地、江心或河心的岛屿等，都是杨树造林的宜林地。

二、长江中下游平原的气候特点

长江中下游平原属北亚热带气候区，其气候学温度指标为≥10℃年有效积温为4 250℃～4 500℃至5 000℃～5 300℃。≥10℃的年积温天数在220～240天，年极端最低气温为－20℃～－10℃，最冷月平均气温为0℃～－4℃。

表1-1是长江中下游平原部分县、市1990～1999年平均气候指标。根据这些县（市）气象数据所示，长江中下游各地理区域的气象指标有以下特点。

其一，年平均温度和年积温较高，无霜期长。中下游地区年平均气温在16℃～17.7℃，只有江苏省江淮平原较低，在14℃左右；≥10℃的年平均积温在4 400℃～5 500℃；无霜期在300天以上，≥10℃的天数有215～240天。

其二，冬季较冷，夏季炎热。极端最低气温较低，多数在－9℃～－15℃，个别地区在－8℃～－9℃，江苏省江淮平原区极端最低气温可达－23℃；最冷月平均气温多在1.7℃～5℃，只有江苏省江淮平原较低，为0.1℃～1.5℃；极端最高气温各地相近，

表 1-1　长江中下游平原有关县(市)气象数据统计

区域	县(市)	年平均气温(℃)	极端最高气温(℃)	极端最低气温(℃)	年≥10℃积温(℃)	≥10℃气温日数(d)	年平均降水量(mm)	平均日照时数(h)	无霜期(d)	最冷月平均气温(℃)
湖南省洞庭湖区域	常德	16.8	39.8	−9.9	5238.0	236.4	1351.6	1759.9	337	3.6～4.1
	沅江	16.9	39.4	−8.6	5300.5	238.2	1444.6	1768.5	338	3.7～3.9
	长沙	17.3	39.8	−9.5	5449.3	240.8	1450.2	1668.5	342	3.9～4.5
	汉寿	16.9	39.8	−9.8	5400.0	238.8	1460.0	1710.6	343	3.7～3.9
湖北省江汉平原	宜昌	16.9	41.4	−10.9	5376.3	246.2	1182.6	1677.2	329	4.0～4.7
	天门	16.2	38.6	−11.1	5145.3	230.5	1097.4	2000.1	321	3.2～3.9
	荆州	16.2	38.6	−11.3	5089.2	233.3	1058.7	2014.2	321	3.6～4.0
	嘉鱼	16.0	39.2	−10.3	5100.0	234.4	1106.0	2154.4	327	3.6～4.5
陕西省汉江平原	宁陕	12.4	36.0	−12.8	3879.6	206.0	939.0	1635.1	301	0.2～1.5
	汉中	14.3	36.9	−8.4	4493.7	220.7	903.9	1822.2	303	1.7～2.8
	城固	14.4	37.0	−8.3	4384.1	220.6	912.8	1823.1	302	1.7～2.8
	安康	15.8	41.7	−9.5	4901.6	228.0	772.3	1829.6	317	3.0～4.0
江西省鄱阳湖及沿江平原	彭泽	16.6	40.0	−13.9	5263.0	234.0	1268.0	2107.8	339	3.2～4.2
	九江	17.2	40.2	−9.7	5399.8	236.6	1300.0	1960.7	335	3.8～4.2
	鄱阳	17.7	39.7	−8.2	5610.6	244.1	1593.1	2145.0	344	3.6～4.1
	景德镇	17.1	41.8	−10.9	5373.1	237.1	1612.3	2076.9	323	3.9～5.9
	南昌	17.7	40.6	−7.6	5594.4	243.9	1483.8	1858.1	343	4.6～5.7

续表 1-1

区域	县(市)	年平均气温(℃)	极端最高气温(℃)	极端最低气温(℃)	年≥10℃积温(℃)	≥10℃气温日数(d)	年平均降水量(mm)	平均日照时数(h)	无霜期(d)	最冷月平均气温(℃)
安徽省长江下游两岸平原区	合肥	15.8	40.3	-14.1	5014.4	226.1	899.3	2325.8	301	2.0~3.1
	舒城	15.6	43.3	-14.9	4843.0	226.1	1309.3	2149.0	303	2.0~3.0
	巢湖	16.1	39.1	-12.7	5110.4	229.8	937.9	2129.3	321	2.5~3.2
	芜湖	16.1	39.3	-9.1	5103.8	229.4	1167.3	2058.4	312	2.7~3.4
	铜陵	16.3	39.9	-9.9	5109.9	230.6	1379.4	2098.6	329	3.1~3.6
	宣城	16.0	40.7	-8.9	5654.0	229.0	1267.7	2188.8	319	2.5~3.3
	安庆	15.6	39.5	-9.5	5300.0	232.7	1217.9	2097.0	321	3.2~4.0
江苏省江淮平原区	徐州	14.2	39.5	-22.6	4663.5	215.8	868.9	2406.5	295	0.2~0.3
	沭阳	13.7	39.3	-23.1	4544.7	215.8	951.4	2453.2	304	0.1~0.5
	睢宁	14.0	39.3	-22.9	4596.5	215.7	944.3	2439.3	309	0.1~0.2
	盐城	14.2	38.5	-14.3	4586.9	216.8	1112.1	2390.4	317	0.1~0.9
	盱眙	14.8	39.6	-18.6	4781.7	220.3	1001.5	2278.3	314	0.1~1.3
	高邮	14.8	38.2	-18.1	4714.1	218.4	1068.4	2307.7	310	0.5~1.5

为39℃～41℃，只有汉江平原较低，为36℃～37℃。

其三，平均日照较长。年平均日照时数为1 700～2 400小时。

北亚热带的气候特点是季风明显，四季分明，气候温和，雨量充沛，春寒多雨，秋高气爽，梅雨显著，夏雨集中。水热条件充分，是杨树生长的有利条件。

三、长江中下游平原的土壤

（一）长江中下游平原的土壤类型

长江中下游平原的土壤类型主要是潮土，潮土是在近代长江及河流冲积物上形成的幼年土壤。按照土壤形成过程的特点，长江中下游平原的潮土有灰潮土、灰江潮土、灰河潮土、灰湖潮土、红淤潮土等。其共同的基本特性有以下3点。

第一，具有深厚松软的土层，通常厚度为1～2米或更深，土壤中水、气、热状况较协调。

第二，土体有明显的重叠层次，在同一层次中，土壤质地和颜色比较一致。在不同层段间则有明显差别，这是由于不同时期江、河泛滥的速度及水量不同，携带的冲积物有差异所致。尽管出现沙黏相间，但质地变化总趋势是上细下黏，有“紧沙慢淤”的规律，近河相及湖相为黏土、沙黏土。长江冲积滩地、洲（岛）为沙土、砂壤土。质地可以从松沙土到黏土。由于质地变化很大，因而肥力亦有很大差别，一般情况下，细黏粒物质养分含量丰富，粗粒物质肥力较差。

第三，土壤pH值反应为微酸至微碱。

1. 灰江潮土　主要分布于江西省湖口、彭泽县；安徽省宿松、望江、怀宁、东至、安庆、枞阳、池州、铜陵、芜湖等县、市境内，长江下游沿线平原的江心冲积洲、岛、半岛、沿江滩地。

土壤质地以砂壤土为主，有黏土、粗沙、细沙及重壤夹层。土层深厚，通气性良好，土壤肥沃程度一般，耕作层全钾、全磷、全氮的含量顺序为1.2%～1.3%、0.1%～0.12%、0.06%～0.13%，速效钾、速效磷、速效氮含量分别为198～297微克/克、27～98微克/克、204～297微克/克，有机质较差，在耕作层约为1%～1.4%。

2. 灰河潮土 灰河潮土主要分布于长江中下游的支流水系平原，如汉水两岸平原、湖南省湘、资、沅、澧四水两岸冲积平原，江西省赣、抚、信、饶、修五水两岸冲积平原，安徽省皖河、秋浦河、九华河两岸冲积滩地。灰河潮土的土壤质地以砂壤质为主，也有重壤质、在沙土层间有黏壤土夹层。土壤比较肥沃，表层0～20厘米厚。土壤理化性质：有机质1.85%，全氮0.097%，速效磷3.5微克/克，速效钾309.9微克/克，碱介氮58.3微克/克，碳酸钙2.91%，五氧化二磷0.32%，氧化钾1.88%，代换盐基总量7.46毫克/百克土，代换钙0.38毫克/百克土，代换镁0.86毫克/百克土，代换性钾0.20毫克/百克土，代换性钠0.02毫克/百克土，质地为重壤、轻壤和粉土等。

3. 灰湖潮土 灰湖潮土在长江中下游主要分布于洞庭湖、鄱阳湖、巢湖、太湖和洪泽湖等湖泊周围，为滨湖冲积平原主要农业土壤，也是滨湖垸区杨树栽培土壤。

在洞庭湖滨湖冲积平原，母质主要是湘、资、沅、澧四水与长江冲积沉积物。在围湖内垸表层0～20厘米土壤理化性质：有机质平均1.74%，全氮0.122%，全磷0.25%，全钾0.20%，速效磷11.5微克/克，速效钾635.3微克/克，碱介氮70.3微克/克，pH值7.45，土壤硬度1.41千克/立方米，质地为轻壤土—粉壤土—黏壤土。常间有不同质地的夹层，通气性良好。旱季地下水位1.5～2.5米，地下水矿化度0.25克/升，为淡水，属钙镁质碳酸盐水。

4. 红淤潮土 红淤潮土在长江中下游主要分布于鄱阳湖、巢湖及一些小型湖泊周围。其土壤肥力不高，肥力等级属4～5级，有机质含量平均在1.5%左右，全氮0.09%左右，速效磷3～3.8微克/克，速效钾360微克/克左右，pH值7.4～8.0，碳酸钙6%左右，全五氧化二磷0.26%左右，全氧化钾1.6%左右，代换盐基总量11.5毫克/百克土，代换钙0.98毫克/百克土，代换钾0.26毫克/百克土，代换钠0.22毫克/百克土，土壤硬度较高为96～240千克/立方米，小于0.001毫米黏粒平均达28%，质地为轻黏土—中黏土或黏壤土。

（二）土壤质地对杨树生长的影响

分布于长江中下游以及流入长江的各条河流的两岸的冲积滩地及江心洲的土壤冲积物颗粒组成如表1-2所示，沙土和壤土的颗粒组成大于0.02毫米的沙粒占2/3以上，黏壤土和黏土的颗粒组成中，大于0.02毫米的沙粒占1/3～1/4，而小于0.002毫米的黏粒占1/3以上，这说明沙土和壤土的质地比较松散，透气性能良好，而在黏壤土和黏土的土壤中，虽然也存有一定比例的沙粒，但其黏性仍然较大，透气、透水性较差。

表1-2　长江中下游不同土壤质地颗粒结构组成

土壤质地	颗粒组成(%)		
	≥0.002mm	0.02~0.002mm	<0.002mm
沙　土	68.08	24.22	7.70
壤　土	66.33	19.97	13.70
黏壤土	23.75	39.53	36.72
黏　土	34.23	32.13	33.64

在林下土壤中，由于土壤种类不同，土壤质地差异亦很大，大致有五种土壤质地，即黏土、重壤土、壤身灰沙土（无黏夹层的砂壤土）、黏身灰沙土（有黏夹层的砂壤土）和一沙到底的白沙土。在这

五种土壤质地上杨树生长量差异很大，生长量最大的是黏身灰沙土，即土层中有黏土夹层，保水、肥能力强；保水、肥能力较差的壤身灰沙土生长量较次；而重壤、黏土和漏水漏肥的一沙到底的白沙土，生长量都很差。表 1-3 是I-69/55杨人工林中实际调查的土壤质地与林木生长量实测值，可做对照参考。

表 1-3 不同土壤质地杨树人工林生长对比

项目		七里亭	白沙洲		乌沙	幸福洲
土壤特征		白沙土，一沙到底	泥骨土，黏土	泥骨土，重壤	壤身灰沙土，土层壤、沙相间	黏身灰沙土，土层黏、壤沙相间
栽植密度		5m×6m	5m×6m	5m×6m	5m×6m	5m×6m
林龄		4	1	3	4	4
总生长量	树高(m)	6.21	3	5	15.68	20.62
	胸径(cm)	8	1.5	7	16.19	21.91
	蓄积量($m^3/667m^2$)	0.3691	—	—	2.6533	5.8453
年均生长	树高(m)	1.55	0.5	2	3.92	4.12
	胸径(cm)	2	0.5	2.3	4.05	4.38
	蓄积量($m^3/667m^2$)	0.0923	—	—	0.6633	1.4613
比值(%)	树高(m)	30.11	14.5	24.2	76	100
	胸径(cm)	36.5	6.8	31.9	73.9	100
	蓄积量($m^3/667m^2$)	6.3	—	—	45.4	100

四、长江中下游平原的植被

长江中下游平原的冲积洲、江心岛、湖泊滩地，河流两岸淤积滩地、围垦和泥沙淤积地，多属北亚热带江、河、湖、泊冲积淤积的平原湿地，其间生长的植被及植被群落无不体现出北亚热带湿地适生植物种的特征。其间植被及植被群落一般如下。

（一）芦苇群落

芦苇群落广泛分布于沿江两岸冲积洲、岛、滩地及包括五大淡水湖在内的 117 个湖泊周边滩地。它是长江中下游面积最大的沼泽植被类型之一。

芦苇适生于浅水环境，正常生长环境为常年积水的泛滥洼地。在汛期水淹只要不没顶，可以正常生长，其伴生种有荻、红穗薹、单性薹草、菰、水蓼、水芹、野艾蒿、水烛、稗草、河柳等，土壤多为潮土类的灰潮土亚类的灰沙土。土壤 pH 值 6.5～7.5。

芦苇为多年生高大草本，地下根茎发达，蔓延力强，常形成单优势种群落，植株高度在 1.5～4 米，盖度可达 70%～95%，因其根茎发达，枝叶荫蔽茂盛，其他植被种类不易生长，在栽培杨树时，必须将其清除。

（二）水烛群落

水烛群落主要分布在湖泊淤积滩地及浅水中，其分布广度和面积远不及芦苇群落，生长环境与芦苇群落相似。水烛叶片呈狭长带状，盖度为 30%～50%，常呈单优势群落，叶层高 1.5～2 米，伴生植物有芦苇、菰、荆三棱、萤蔺、藨草、水葱等。水烛不能经受大水淹没，水面过深，水烛群落将逐渐减少。水烛群落土壤主要为灰潮土亚类灰沙泥土，有黏夹层，pH 值 6.7～7.0，是栽培杨树的理想地带。

(三)稗草群落

稗草群落常见于湖缘浅水处及湖滩内洼地的沼泽中，在湖缘生长稀疏，盖度仅 20%；在湖滩沼泽地生长良好，盖度可达 60%以上。优势种有稗草、光头稗、孔雀稗、菰、旱苗蓼、藨草、牛毛毡、水蜈蚣、水虱草等。土壤为灰潮土亚类的湖淤潮土，质地壤-砂壤土，有黏土夹层，pH 值 6.6～7.1，较肥沃，是杨树栽培可选地带。

(四)荻 群 落

荻群落广泛分布于洞庭湖海拔 29～32.5 米的洲滩上，是洞庭湖滩地上面积最大、最典型的群落类型。在安徽省、江西省、湖北省公路两侧的低洼河滩地、湖泊洼地都有分布，其生长习性与芦苇相似，是以荻占绝对优势的群落景观，即所谓的芦苇荡形成洲滩草甸特色。荻群落常占据洲滩的主体部位，群落高度 1～2 米，根系分布较芦苇浅约 10～20 厘米，伴生植物有芦苇、飘拂草、萤蔺、荆三棱、稗、水蓼、大马蓼、莲子草、水竹叶、田边菊、薹草、水芹、野艾蒿等。群落下土壤为灰潮土亚类的湖淤沙潮土，其主要特征是：河湖冲积沉积物形成的泥沙层相间，潜育化程度较沼泽地及低洼地轻；pH 值 6.2～7.2，平均 pH 值 6.3；有机质含量 0.9%～3.8%，平均 1.53%；全氮含量平均 0.084%，全磷含量 0.088%，速效氮、磷、钾含量分别为 6.74 微克/克、6.85 微克/克和 80.9 微克/克。本群落生长于排水良好的地方，是杨树栽培的理想地带。

(五)薹草群落

薹草群落在洞庭湖分布比较广泛，是洲滩上一个重要群落类型。按薹草种的不同，又可分为短尖薹草群落和单性薹草群落。薹草群落一般分布在地势较低，但又不太喜爱泥沙淤积的洲滩，海拔一般在 26～28 米。群落春季为油绿色，其上点缀有黄色和淡红色花朵，显得雅静和秀丽，秋冬季为黄绿色，总盖度 70%～95%。

群落植物种除了薹草外，主要有辣蓼、水田碎米荠、肉根毛茛、光叶鹅观草、小叶星宿菜、稻槎菜、蒌蒿、黑藻等。薹草群落的主要特征是：群落下土壤剖面灰褐色，铁锈斑较多，潜育化程度较高；土壤pH 值6～7.8，平均 6.8；有机质含量 1.81%；全氮含量 0.113%，全磷含量 0.104%，速效氮、磷、钾含量分别为 80.86 微克/克、7.08 微克/克和 54.62 微克/克。本群落亦为杨树理想栽培地带。

（六）辣蓼群落

辣蓼群落主要零星分布在地势中等的洲滩上，呈小块状镶嵌于草甸之中，群落为深绿色，在太阳照射下呈油光闪闪状，当辣蓼开花时，一束束淡红色花序衬托在深绿色的叶面上，很是秀美。群落总盖度 70%～95%。群落分两层，上层高 80～100 厘米，由辣蓼、藨草、薹草、芦苇组成，第二层高 30 厘米，主要由短尖薹草、水田碎米荠、荠菜等组成。群落下土壤为沼泽化草甸土或灰潮土，土层深厚肥沃，是杨树栽培可选地带。

以上是主要的植被群落及其伴生的主要植物，在人为活动极为频繁的长江中下游平原，当地的工业、农业、林业、旅游业都在进行着高强度的开发利用，天然植被及植被群落也就随之而改变。在枯水期可以露出地面约有半年以上的时间无淹没的洲岛和滩地，很多被开发成临时性农业生产用地，也有的被开发为水上旅游江心岛。

第二章　长江中下游平原杨树栽培简史及当前采用的杨树品种

一、长江中下游平原杨树栽培简史

杨树属于温带树种，在我国历来分布和栽培于中温带、暖温带和高原气候区，20世纪70年代以前，在长江中下游平原的北亚热带气候区，从未有过关于杨树栽培的记载，也从未发现过有关杨树的天然分布。只有在海拔200～1 000米的丘陵山地，才可见到响叶杨（*Populus adenopoda*）呈块状分布的次生林和散生树，其气候条件已属于温带气候。

1971年，中国林业科学研究院吴中伦教授在意大利进行林业科学考察，引进了I-63/51杨、I-69/55杨和I-72/58杨，将带回国内的3种杨树的种条分给中国林科院林研所和南京林业大学进行育苗繁殖。从而逐渐在长江中下游平原传开。但由于在20世纪60年代科技人员大多下放“五七”干校，所以上述3个品种杨树的繁育栽培进展较慢。

1981年4月，在中央林业部梁昌武副部长领导下，中国林科院林研所组成了包括林木育种、森林经营、防护林、造林、土壤、生态、病虫害等专业的专家组成的综合考察组，对河北、山东、河南、湖北、湖南等省的黄淮海平原和长江中游平原的杨树栽培与发展前景进行了综合考察。

通过考察，专家们对长江中游的江汉冲积平原和洞庭湖滨湖冲积平原的杨树发展前景和有关技术问题提出了建设性意见，肯定地认为I-63/51杨、I-69/55杨、I-72/58杨是长江中下游平原适宜的杨树造林树种，并提出了适宜的育苗和造林的具体实施技术和可能达到的经济效益。

1982 年春，在湖北省潜江市召开的全国杨树委员会代表大会上，徐纬英教授做了我国华北、中原及长江中游平原地区林业（杨树）考察报告，从此，杨树在长江中下游平原的栽培与发展前景得到了科学肯定。

1982 年春，中国林科院林研所与湖南省汉寿市合作在该市围湖区营造 I-72/58 杨、I-69/55 杨及 I-63/51 杨试验林约 330 多公顷，起到了在长江中下游平原营造杨树人工林建设的样板作用。从此，地处北亚热带气候区的长江中下游平原的湖南、湖北、安徽、江西、江苏等省都展开了"意杨"（当时在群众中称上列 3 种杨树为意杨，即意大利引进的杨树）人工造林热潮。

至今，长江中下游平原杨树栽培已有 20 多年的历史，在这近 1/4 世纪的岁月中，有关省、市的林业行政部门、林业科学研究所、南京林业大学和中南林学院的教授、专家们都付出了辛勤的劳动。其中湖南省常德市、益阳市、岳阳市所属各区、县、市，湖北省荆门市、咸宁市所属各县、区及仙桃市、天门市、潜江市，安徽省安庆市、池洲市，江苏省宿迁市、淮安市、盐城市所属各区、县成为了重点发展地区，其中著名的杨树人工林栽培县、市有汉寿市、沅江县、潜江市、仙桃市、天门市、怀宁县、贵池区、安庆市郊区乡镇、泗阳市、沭阳市、睢宁县等。

尽管如此，在长江中下游平原，在引种杨树方面仍存在值得吸取的失败教训。在 20 世纪 70～80 年代，曾经引进过沙兰杨（*P. x euramericana* cv. 'Sacvau-79'）、I-214 杨（*P. x euramaricana* cv. 'I-214'）、毛白杨（*P. tomentosa*）、箭杆杨（*P. nigra* var. thevestina）、群众杨（*P. x xiaozhuanica* cv. 'Popularis'）、新疆杨（*P. alba* var. pyramidalis）和大观杨（*P. dakuanensis*），结果全以失败而告终。其表现为：沙兰杨和 214 杨生长极为缓慢，年平均胸径生长 1 厘米以下，树高生长 20～30 厘米；毛白杨枝干弯曲，生长极慢，勉强可以存活；箭杆杨和新疆杨除生长缓慢外，侧枝角度变大，叶部及干部虫害严重，群众杨和大观杨主要表现干部天牛为害极为严重。这些品种很快就被淘汰。至2000年、2002年间，一些私营林业造林公司，盲目引进了美国三角叶杨和107杨（*P. xeuramericana* cv. '74176'），三角叶杨在小范围引种失败后未予扩散，影响不大。107杨在湖北、安徽省的一些县、市未经试验，就大面积栽植，造林当年即出现桑天牛大范围严重为害，叶部害虫杨扇舟蛾等鳞翅目害虫在造林当年就大面积发生，迫使在造林后当年将107杨全部伐除烧掉，藉以杜绝虫源。

从20世纪70年代以来的30多年间，我国一些杨树育种专家主要以I-69/55杨为母本，I-63/51杨为父本选育出不少适宜于长江中下游平原栽培的新品种(类型或无性系)。

现在长江中下游适宜栽培的优良品种（无性系）有：I-63/51杨，I-69/55杨，I-72/58杨，中驻杨2、3、6、7、8号，中民杨，中潜杨3号，中嘉杨2、5号，中天杨，中汉杨17、22号，南抗杨3、4号，NL-80351杨，NL-80303杨，南林95杨，南林895杨、巨霸杨（南杨）和丹红杨。

应当指出的是，由于栽培年代久远，I-63/51杨、I-69/55杨和I-72/58杨在栽培中比较混乱，应当特别注意保持其纯度。在第七章木材材性中，阐述了I-69/55杨木材材性的很多优点，更应对I-69/55杨加以重视和栽培应用。

二、长江中下游平原当前采用的杨树品种

从20世纪70年代开始，经过10～40年不同时期的栽培实践，在长江中下游平原适宜栽培的杨树品种有下列数种。

（一）哈沃德杨（I-63/51）（*Populus deltoids* Bartr. cl‘Harvard’）、鲁克思杨（I-69/55）（*P. deltoides* Bartr. cl.‘Lux’）、圣·马丁杨（I-72/58）（*P. x euramericana*（Dode）Guinier cl.‘San Martino’）

哈沃德杨，原名 I-63/51 杨，其种子是通过自然授粉取得，从美国地处北纬 33°的密西西比三角洲斯通维尔引入意大利，于 1951 年在意大利的卡萨尔孟菲拉托“落户”。根据其植物学特征，通常被欧洲植物学家认为是棱枝杨（*P. angulata*）或卡罗林杨（*P. carolinensis*）亚种的无性系。

鲁克斯杨，原名 I-69/55 杨，是意大利卡萨尔孟菲拉托杨树栽培研究所于 1952 年从美国伊利诺斯州的马萨克县所引入的种子中选择出来的，原生长地较哈沃德杨略偏北。

圣·马丁杨，原名 I-72/58 杨，是意大利卡萨尔孟菲拉托杨树栽培研究所根据成年杂交种欧美杨在都灵的圣·马丁诺自然授粉种子中培养出来的。亲本于 1958 年在卡萨尔孟菲拉托“定居”。

以上 3 个无性系于 1971 年由吴中伦引进我国，以后在长江中下游及华北部分地区得到广泛栽培，后通称南方型意（大利）杨。I-63/51 和 I-69/55 属于美洲黑杨杂交无性系，I-72/58 属欧美杨杂交无性系，由于其性状相近，在我国栽培地点相同，所以在这里一并阐述。这 3 种杨树的形态特征，以往在一些专著中早有描述。由于近几年在生产中对这 3 种杨树已混乱不清，为能较易辨别，在此特专门刊出其形态特征对比表（表 2-1、表 2-2），以供参考。

经过近 30 年的栽培观测，I-63/51、I-69/55、I-72/58 杨（亦称南方型杨树无性系）具有以下生态特性。

第一，要求温暖湿润的气候环境，喜爱松软、湿润、通气性良好的土壤。在河滩地、江河冲积土上生长迅速。

表 2-1　3 种杨树无性系 1～3 年生幼树形态物征

特　征	无性系		
	I-63/51	I-69/55	I-72/58
8 月份叶片主要特征			
叶垂脉与第二侧脉之间的夹角	67°	68°	85°
叶片基部形态	心形、截形	微心形	截形
叶基腺点数目	不定	2	3
叶主脉颜色	红色	淡粉红色	红色
当年主干特征			
干表面特征	有深槽沟	有中等槽沟棱角	有深槽沟
干中部皮孔形状	长线形	长线形	圆形
皮孔分布	在茎的叶柄以下呈团状分布	均匀	均匀

表 2-2　3 种杨树无性系 10～15 年生大树形态综合特征

特　征	无性系		
	I-63/51	I-69/55	I-72/58
分类位置	美洲黑杨无性系	美洲黑杨无性系	欧美杨无性系
树冠	开展，枝条稀疏	开展	开展
树干	通直	微弯曲	直
性别	雄株(♂)	雌株(♀)	雌株(♀)
成熟花序长度(cm)	—	7～9	11～15
雄蕊数目(个)	＞41	—	—
花絮产量	—	很少	很少
放叶期颜色	绿色	赤褐色	淡黄褐色
芽的颜色	绿	绿	棕
芽的长度(mm)	3.7	4.6	4

续表 2-2

特　征	无性系		
	I-63/51	I-69/55	I-72/58
短枝上叶的特征			
叶基形状	耳形	截形	截形
叶尖形状	钝	圆尖	钝
叶基腺点数(个)	2	不定	>2
叶柄被毛状态	无毛	无毛	上边被毛

第二，喜光热。在长江中下游及淮河平原、黄河下游平原光热条件充足，有利于其生长。但在长江中下游 7～8 月份盛夏季节，最高气温超过 40℃时，往往出现生长缓慢现象。此后又会继续迅速生长，形成 1 年当中有 2 次速生期。

第三，喜水肥。林木在生长过程中，根部吸收的水分绝大部分用于蒸腾消耗，南方型杨树无性系的树种蒸腾速率很高。在长江中下游地区，年降水量在 1 500 毫米左右、地下水位在 1～1.5 米，水分条件十分优越，这正是这 3 个无性系的理想生长条件。但水分过多，亦会抑制林木生长。据笔者测定，在 7～9 月份 3 个月的水淹期间，杨树胸径生长只有 0.05 厘米左右，树高生长停滞，树叶全部脱落。在水淹 0.5 米深，水淹时间 10～15 天的情况下，能促进林木速生。

第四，抗风能力差是 3 种杨树无性系的弱点。笔者根据根系生长及分布测算，3 种杨树无性系属浅根性树种，在整个生长期间其主根不长，栽植时的栽植深度即是林木生长期间的固定的主根深度，而侧根比较发达，侧根延伸长度可达 6～10 米以上，而根量的 80%以上只分布在 40～50 厘米深的土层之中。因此，遇到大风天气，极易连根倒伏。

第五，抗寒性较差。在林地内，每年冬季，树梢往往出现冻梢或风折，翌年的高生长一般是从侧芽重新抽生新枝，为此，往往导致树干不够通直。

第六，抗虫能力差。叶部害虫杨扇舟蛾为害极为严重，有时能将全林树叶吃光。桑天牛等主干害虫为害亦较严重，如不进行人工防治，为害率可达 80%～100%。

第七，生长迅速。因此在集约栽培、加强人工管理条件下，仍是速生优良树种。

(二)中驻杨 2、6、8 号(*P. deltoides* Bartr. cl.'Zhongzhu-2、-6、-8')，中潜杨 3 号(*P. deltoides* Bartr. cl.'Zhongzhu-3')，中汉杨 17 号(*P. deltoides* Bartr. cl.'Zhonghan-17')，中嘉杨 2 号(*P. deltoides* Bartr. cl.'Zhongja-2')，中天杨(*P. deltoides* Bartr. cl.'Zhong-tian')，中民杨(*P. deltoides* Bartr. cl.'Zhongzhu')

中驻杨、中潜杨、中汉杨、中嘉杨、中天杨、中民杨是中国林业科学研究院黄东森于 1979 年以 I-69/55 为母本，I-63/51 为父本通过人工杂交而成的美洲黑杨杂种。这些无性系的形态特征与 I-63/51 杨、I-69/55 杨相近似，其共同特征为：树干通直圆满，苗干或长枝茎具棱，青绿色。叶基部截形或微心脏形，叶先端突尖或微渐尖，叶基部腺点 2～3 个，叶宽大于长，大约是叶长 18 厘米，叶宽 19 厘米左右，叶主脉淡粉红色；短枝叶圆三角形，基部近心脏形，叶尖钝尖或圆尖，腺点 2 个为主，叶柄局部粉色、无毛。不同之处为：中驻 2 号、中驻 8 号、中汉 17 号、中嘉 2 号、中天杨为雄性；中驻 6 号、中潜 3 号、中民杨为雌性；木材纤维长 1.05 毫米左右，中驻 8 号木材纤维较长，约 1.13 毫米。

这些无性系的适生地区与 I-63/51、I-69/55、I-72/58 杨相同，这里不再重复。

（三）南抗杨 1、2、3、4 号（*P. deltoides* cl.‘Nankang-1、-2、-3、-4’）

南抗杨 1、2、3、4 号是中国林业科学研究院韩一凡在 20 世纪 80 年代以 I-69/55 杨为母本、I-63/51 杨为父本的美洲黑杨杂交种，通过自然选择，选育的抗桑天牛、云斑天牛的杨树新品种无性系，南抗 1、2、3 号杨适生于长江中下游平原及较温暖的暖温带地区，南抗 4 号杨抗寒性较强，亦适生于华北地区。

此 4 种无性系的形态特征与 I-69/55 杨相似。但应指出的是，所谓抗虫性能，应认为是相对而言的。客观地讲，南抗杨抗桑天牛、云斑天牛性能强。

（四）中林 46 杨（*P. deltoides* cl.‘Zhonglin46’）

中林 46 杨是黄东森先生以美洲黑杨为母本，钻天杨和俄罗斯杨混合花粉为父本杂交培育而成。

中林 46 杨为高大乔木，树冠窄长卵形，顶端优势明显，树干通直，树皮颜色有青、青灰、灰褐色 3 种，并有粗皮，光皮和细皮 3 种类型。短枝叶三角形，先端细窄渐长，基部截形，嫩枝微红色，有浅黄色黏液。雌株。

中林 46 杨适生于暖温带气候温和地区。河滩及台地砂壤土地带，地下水位在 1.5～3.0 米，年平均降水量 600～700 毫米，年平均气温 10℃左右，极端最低气温－28℃的华北地区是适生中心地区。作为人工林或农田防护林栽培都有良好效果。近几年，一些杨树造林公司将中林 46 杨引种到北亚热带地区，生长表现很好，因此，亦可作为本地区适生品种。

（五）巨霸杨（*P. deltoides* Bartr. cl.‘Juba’）

巨霸杨是韩一凡于 1991 年通过人工杂交培育而成的美洲黑杨杂交无性系，其母本为 50 号杨，父本为 36 号杨。

该品种为雄性。长短枝叶变化微小，叶三角形，先端宽渐尖，基部锥形或微心形，叶柄长为叶片的一半，叶脉黄绿，叶片深绿。大树分枝角 50°，叶芽紫褐色、三角形，紧贴树干，冬季有橘黄色芽胶。1 年生苗干具 3 条棱线，紫红色，皮孔卵圆形；成年树皮开裂，较粗糙。

巨霸杨的一个主要特点是耐桑天牛为害。在江苏省沭阳，桑天牛感虫率为 17%（相同条件下，I-69/55 杨桑天牛感虫率为 91%）。在 I-69/55 杨感虫率为 22% 的条件下，该品种感虫率为 4.8%。另一主要特点是速生。在长江中下游平原，在水肥条件好、土壤通气性好的条件下，该品种在潜江市水网区胸径年均生长量为 6.5 厘米，超过 I-69/55 杨 38%；在水肥条件较差的地段，胸径年平均生长量为 4.1 厘米，树高为 3.8 米。

该品种适生于长江中下游平原、淮河平原及黄河下游平原。要求水肥条件好的立地条件。目前栽种尚不广泛。

（六）丹红杨（*P. deltoides* Bartr. cl'Danhong'）

丹红杨是韩一凡于 1991 年通过人工控制授粉获得的美洲黑杨无性系，其母本为原产于美国伊利诺斯州的 Carbondale 的 50 号杨，父本为原产于美国得克萨斯州的 Champion 的 36 号杨，与巨霸杨是相同亲本的不同无性系。丹红杨为雌株。

丹红杨叶初放时颜色为红褐色，叶基部近锥形，先端渐尖，成年树枝与主干分枝角 65°。

丹红杨耐桑天牛，试验地区感虫率为 0，较巨霸杨更抗桑天牛。其速生性状与巨霸杨相近。

丹红杨适生于华北平原和长江中下游平原水肥条件好的地带，不适合在寒冷地区栽培。华北北部、长城以北以及西北半干旱地区不能应用。当前推广应用尚不普遍。

（七）南新杨［*P.* × *euramericana*（Dode）× *P. yunnanensis cl.* 'Nanx-in'］Bt

南新杨是韩一凡通过人工杂交培育成功的生物抗虫杨。母本为欧美杨，父本为滇杨。在我国南方大田中对舟蛾科的昆虫表现出抗虫威力。在栽种杨树人工林时，混种南新杨，混交比1∶1或更高一些，可大幅度降低舟蛾为害，保持有虫无灾，抗虫性能稳定。

南新杨具有易生根、速生的特性，在黄淮流域胸径年平均生长量可达3.5厘米左右。经过区域化试验和品种对比林观测，南新杨适生于长江中下游的湖南、湖北、安徽诸省平原地区，目前有待推广。

（八）南林95杨［*P.* × *euramericana*（Dode）cv.'Nanlin-95'］

南林95杨是美洲黑杨杂种，具有美洲黑杨的基本形态特征。乔木，树形高大，干形通直圆满，尖削度小，分枝粗度中等，树皮薄；叶片大，心形，叶长14～19厘米，叶宽13～17厘米，叶绿色，叶柄长9～11厘米，淡绿色；一年生枝条灰青色，枝条基部形状为圆形，中上部微呈五边形，木质化棱线明显，皮孔中下部为圆形，上为椭圆形，皮孔大小为2～8毫米；1年生扦插苗苗高4～4.5米，基径2～3厘米，叶片数在57～70片；芽长卵形，浅紫红色，长7～10毫米，顶端尖，紧贴（梢部芽）。

7年生南林95杨树高平均年生长量3.57米，胸径年平均生长量4.57厘米，材积年平均生长量达到1.62立方米/667平方米，10年为一个轮伐期。

南林95杨抗溃疡病及褐斑病，较耐干旱瘠薄，在内陆花斑盐碱地上生长良好，无性繁殖能力较强，遗传稳定性较强，可在黄河以南地区推广造林。群众反映，近几年天牛为害较为普遍。

（九）南林 895 杨［*P.* × *euramericana*（Dode）cv.‘Nanlin-895’］

南林 895 杨是美洲黑杨杂种，具有美洲黑杨的基本形态特征。乔木，树形高大，干形通直圆满，尖削度小，分枝粗度中等，树皮薄；叶片大，心形，叶长 12～17 厘米，叶宽 14～16 厘米，叶色绿色，叶柄长 7～10 厘米，淡绿色；1 年生枝条颜色青绿色，枝条基部形状为圆形，中上部微呈五边形，木质化棱线明显，皮孔中下部为圆形，上为椭圆形，皮孔大小为 2～6 毫米；1 年生扦插苗苗高 4.5～5 米，基径 3 厘米，叶片数在 79～100 片；芽长卵形，浅紫红色，基部绿色，长 6～8 毫米，顶端尖，不紧贴（梢部芽）。

7 年生南林 895 杨树高年平均生长量 3.71 米，胸径年平均生长量 4.85 厘米，材积年平均生长量达到 1.76 立方米/667 平方米，10 年为一个轮伐期。

南林 895 杨抗溃疡病及褐斑病，较耐干旱瘠薄，在内陆花斑盐碱地上生长良好，且具有较强的无性繁殖能力和较强的遗传稳定性，可在黄淮地区、江淮平原及长江中下游流域等广大地区推广造林，但天牛为害较普遍。

（十）NL-80303 杨、NL-80351 杨

美洲黑杨新无性系 NL-80303 和 NL-80351 是从美洲黑杨种内杂交后代中选育出来的。其杂交母本为美洲黑杨 I-69/55 杨，父本为美洲黑杨 I-63/51 杨。

无性系在不同地点的生长表现有显著的差异，如 NL-80351 4 年生材积在泗阳为 0.284 3 立方米，而在南京为 0.199 6 立方米，说明泗阳有更适合于无性系生长的环境。NL-80351 的杂种优势率在泗阳（18.26％）也要比在南京（7.68％）大得多，说明良好的环境条件能使优良基因型得到更加充分的表现。

在江苏省南京、泗阳、徐州，湖北省洪湖，江西省波阳及浙江省

富阳等地经过8年区域化试验，生长表现良好。

三、长江中下游平原杨树集约栽培存在的问题和今后的对策

(一)存在的问题

1. 现有品种大多抗逆性很差 从20世纪70年代开始至今，本地区采用的杨树品种，大多遗传基础较窄，抗逆能力弱，尤其突出的是抗虫害能力极差。在林地，蛀干害虫的虫株率往往高达90%以上，一株树干的为害虫孔可多达十几孔，木材虫蛀严重，极大地降低了木材质量。为害树叶的鳞翅目叶部害虫为害亦极普遍而严重，树叶往往被大面积蚕食殆尽。

2. 现有品种对环境条件亦有不适应表现 在夏季高温条件下，树木往往停止生长，至秋凉后又再次生长，从而出现二次生长的现象，树高二次生长表现最为明显，说明杨树在亚热带高温条件下有不适应的表现。由于生长季节地下水位过高，树根和下部树干长期处于水分饱和状态，影响了林木的正常生长。在湖北省水网区及其他一些地区，杨树大范围出现湿心病和木腐病，造成木材变质、变色和不同程度的木材腐朽，重者可延至树干2米以上。

3. 经营管理水平低下 造林品种选择趋于盲目性，已有的I-72/58、I-69/55、I-63/51杨已经混杂不清，对于新出现的品种，往往只求速生不求品质，造林后经营管理技术比较粗放，不能形成集约经营的系列经营方式，林分的质量和产量都不能得到有效提高。

(二)今后的对策

1. 加强集约经营水平势在必行 集约栽培是杨树商品性生产的主要形式，其产出高低与否，是杨树品种特性、土壤质量和所采用的经营技术措施的共同作用的结果。长江中下游平原气候条

件优良，水热资源充足，立地条件优越，是我国惟一可以经营纯雨养型杨树产业的区域，是我国十三个杨树栽培区中最有经济效益的栽培区，是生产杨树胶合板材的主要地区。如何利用这一优越的自然条件，培育优质高产的杨树丰产林，是极为重要的问题。根据当前存在的众多问题分析，其中最关键的措施还在于选择高品质、抗病虫能力强、适应亚热带独特自然条件能力强的杨树品种。

2. 建立品种监管制度，对品种创造和品种市场流通两大环节进行法制和质量管理 在品种监管方面的两个基本目的是防止非定型品种进入市场，确保只有科学创造的新品种才能进入市场流通，从源头上保证种植业主的根本利益；防止在品种繁殖、销售等各环节有意识和无意识地造成品种机械混杂和混乱，避免因品种使用错误而造成业主的损失。在我国，由于品种选择、繁殖销售和使用是各自独立的产权单位，三者利益亦互相分离，市场经济体制中诚信欠缺，导致个别单位往往为追名逐利而制造假品种或肆意推销劣质品种，因此，加强品种监管力度，保障栽培质量和业主的利益，已成为必须加以重视的问题。逐步建立起品种选择、销售和使用三环节有效协调的体制已势在必行。

3. 改善基因资源研究，有针对性地进行品种创新 针对长江中下游平原桑天牛、云斑天牛等蛀干害虫和鳞翅目食叶害虫为害严重，以及当地高气温、高水湿等环境特点，培育抗性强的优良品种则是提高本地区杨树栽培质量的关键手段，祝愿育种专家能有所突破。

第三章　南方型杨树生理生态特征

集约栽培是根据杨树品种、无性系的特性，选择适宜的立地，根据其生理学特性，以最经济的成本，采取相应的科学技术措施，充分发挥杨树品种的生产潜力，从而达到速生丰产的目的。根据长江中下游平原的自然条件特征，研究杨树的光合特性、水分代谢、营养生理和生长发育的规律，是拟定集约栽培技术的重要依据。

一、光合作用

绿色植物利用光能，将所吸收的二氧化碳和水分同化为有机物、并释放出氧气的过程称为光合作用。树体干重的90%以上都是光合作用直接或间接的产物，杨树品种的速生性与光合作用密切相关，而良好的栽培技术措施则是充分发挥光合作用潜力的有效保证。

(一)影响杨树光合作用的内部因子

杨树的光合速率较强，但不同杨树品种的光合速率有所不同。青杨的光合速率较美洲黑杨、欧美杨低，南方型杨树的光合速率较高，在美洲黑杨、欧美杨中也是属于较高的一种，这也是南方型杨树生长快的主要内在原因。表3-1是杨树品种的光合速率和呼吸速率对照表。

杨树叶片从展开、成熟到衰老的过程中，其光合能力也发生相应的变化，一般由弱到强，逐步进入高峰，保持一段时间后，即随叶片的衰老而逐步下降。I-69/55杨随叶龄的增加和叶绿素含量的增加，其光合能力亦逐步随之增高；当叶片停止生长后，叶绿素含

表 3-1　部分杨树品种的光合速率和光呼吸速率

树　　种	净光合速率	光呼吸速率
	($mgCO_2/dm^2 \cdot h$)	
小叶杨	10.97	3.24
群众杨	11.56	3.79
I-214 杨	15.04	2.13
I-69/55 杨	16.87	2.32
I-72/58 杨	16.24	2.33
欧美杨	15.25	2.35
美洲黑杨	15.25	2.35

注:净光合速率单位,一般以每平方分米的叶面积每小时净吸收二氧化碳毫克数来表示,即 $mgCO_2/dm^2 \cdot h$

量不再增加,叶绿素含量与光合能力都维持在一个较高水平;随着叶片的衰老和叶绿素含量的降低,光合能力亦同时降低。表 3-2 是 4 个杨树品种净光合速率及其叶绿素含量的季节变化(摘自赵天锡、陈章水,《中国杨树集约栽培》第 95 页)。

表 3-2　杨树品种净光合速率及叶绿素含量的季节变化

品　种	净光合速率($mgCO_2/dm^2 \cdot h$)			叶绿素含量($mg \cdot g^{-1}$鲜叶)		
	7月	8月	9月	7月	8月	9月
I-69/55 杨	16.14	9.98	11.95	2.81	2.24	2.51
I-214 杨	15.55	11.51	12.55	2.72	2.17	2.66
群众杨	18.97	13.12	15.23	2.49	1.81	2.47
合作杨	17.93	12.21	14.68	2.57	1.99	2.45

注:表中 4 个品种间处于不同的地理条件下,其间的数据在品种间不具有对比性,只说明品种的季节变化

(二)影响杨树光合作用的环境因子

影响杨树光合作用的环境因子很多,光和二氧化碳等属于直接参与光合作用的因子,而水分、温度和矿物质等则主要起间接作用。这些因子对光合作用的影响都有一个最低、最适和最高值。

小于最低值则光合作用不能进行，大于最高值则光合作用就会停止。只有在最适值的情况下光合速率才最快。

1. 光强 光是光合作用的能量来源。其间有光补偿点和光饱和点两个临界点。杨树不同种和不同品种的光补偿点和光饱和点存在一定的差异，光补偿点低的品种适应于低光强的条件，能较充分地利用弱光进行光合作用；反之，则适应于高光强的条件，能充分利用全日照强光。多数杨树光补偿点在0.1万～0.4万勒克斯，光饱和点在3万～5万勒克斯，南方型杨I-69/55光补偿点为0.2万勒克斯，光饱和点3万～4万勒克斯。

2. 二氧化碳浓度 杨树的光合速率随环境中二氧化碳浓度降低而降低，当二氧化碳浓度降低到一定程度，光合作用吸收的二氧化碳与呼吸释放的二氧化碳相等时，即净光合速率为零，这时的二氧化碳浓度为二氧化碳补偿点。二氧化碳补偿点低的品种，能较充分利用环境中的低浓度的二氧化碳，对林木生长有利。

3. 温度 光合作用的光化学反应与温度的高低无直接关系，但暗反应即酶促反应则受温度变化的控制。酶促反应一般只能在0℃～70℃进行，在适温下二氧化碳补偿点和光补偿点都较低。光合作用温度如果从13℃提高到40℃，光补偿点将提高5倍。在50℃温度下光合速率只有适温的31%左右。历史上杨树分布多在暖温带以北地区，是适生于温带的落叶乔木树种，I-69/55杨从1971年以来在我国北亚热带地区（如长江中下游平原地区）得到大量栽培，虽取得了令人振奋的成绩，但会表现出某些不适应的症状，如夏季高温期间林木生长趋于停止，气温下降后又开始一年中的第二次生长，树高明显出现二次生长，并留有再生长的痕迹。

4. 水分 通过树木根系吸收的水分用于光合作用的不到1%，水对光合作用的影响主要是间接作用，土壤缺水或气候干旱都会影响植物体内水分贮存状况，叶片失水后将引起气孔关闭从而降低叶绿体的光合能力。裴葆华教授盆栽试验证明，I-69/55杨在土壤含水率从95%降低到55%时，其光合作用能力平均降低

43.4%。但是在长江中下游平原，鉴于当地年降水量丰富，地下水位较高，基本不存在缺水现象，因此，水分对南方型杨树（如 I-69/55 杨）的生长，不存在因缺水而产生的副作用。

（三）杨树人工林群体的光能利用

杨树人工林群体内各层的叶片所处光照条件差异悬殊，光合速率不同。各层的叶面积指数与其光合速率的乘积，是衡量单位林地面积光能利用的指标，根据对 7 年生 I-69/55 杨丰产林林冠各层年平均光合速率和各层叶面积指数的研究，发现不同密度的林冠其相同冠层部位的光合速率差异不显著，而不同冠层部位间的光合速率有显著差异（表 3-3）。在林龄 6 年时的光合生产率，密度为 3 米×4 米的大于密度 3 米×6 米的；到 7 年生时，密度为 3 米×4 米的则开始低于密度为 3 米×6 米的。表明群体已开始出现竞争和抑制现象（表 3-4）（摘自赵天锡、陈章水，《中国杨树集约栽培》第 101～102 页）。

表 3-3　I-69/55 杨不同密度林分不同冠层部位平均净光合速率

（$mgCO_2/dm^2 \cdot h$）

密度（m）	林龄 6 年			林龄 7 年		
	上层	中层	下层	上层	中层	下层
3×6	8.99±0.61	6.64±0.76	5.01±0.14	8.89±0.54	6.83±1.23	5.16±0.47
3×4	9.99±0.70	6.98±1.18	5.22±0.31	8.81±0.01	6.58±0.10	5.33±0.84
2×3	6.97±1.22	7.83±1.08	4.82±0.76		采伐	

（四）I-69/55 杨的光合作用及吸收二氧化碳能力分析

光合作用能力是指在外界条件适宜的情况下，即空气中二氧化碳浓度为 300 微克/克、温度为 20℃～25℃，在饱和光强下测得的叶片的净光合速率，一般以每平方分米叶面积每小时净吸收二氧化碳的毫克数来表示。在木本植物中，杨树的光合能力比较高，

表 3-4　I-69/55 杨林分密度与光合生产率关系表

林　龄	密度 (m)	叶面积指数	单株光合生产率		单位面积光合生产率	
			g/株·h	%	$g/m^2 \cdot h$	%
6	3×6	5.89	76.76	100.00	4.55	100.00
	3×4	7.80	78.16	101.82	6.51	143.08
	2×3	5.41	23.66	30.82	2.94	86.59
7	3×6	4.71	84.65	100.00	4.70	100.00
	3×4	5.75	52.75	82.82	4.35	92.55

一般为 10～20 $mgCO_2/dm^2 \cdot h$(引自赵天锡、陈章水，1994 年科学出版社出版,《中国杨树集约栽培》第 93 页)。这说明 I-69/55 杨在进行光合作用时，每平方分米叶面积每小时吸收空气中二氧化碳平均为 16.87 毫克。

根据笔者实测计算，I-69/55 杨 4 年生单株立木的叶面积为 32.68～48.28 平方米，8 年生为 67.93～73.15 平方米，按照 1/2 叶面积可进行有效的光合作用推算，4 年生单株立木在光合作用时，每小时可吸收二氧化碳 2.76～4.07 千克，8 年生单株立木在光合作用时，每小时可吸收二氧化碳 5.73～6.17 千克。

按照每 667 平方米造林面积中栽植 42 株计算(栽植密度 4 米×4 米)，则每 667 平方米每小时可吸收二氧化碳量，4 年生时为 115.7～170.9 千克，8 年生时为 240.7～259.2 千克。从当前减少空气中二氧化碳浓度，改善环境条件的碳汇理论来看，在长江中下游平原栽培杨树丰产林，在改善地区环境条件方面，其作用亦很可观。

二、水分生理

在植物体内含量最多的物质就是水，只有在细胞内的水分接近饱和状态时，生命才能正常进行。土壤湿度是影响林木生长的重要的环境因子。杨树是需水量较大的树种，在生长过程中更需要有足够的水分。根据实地长期观测和专项试验，在华北地区，0.9 立方米/667 平方米蓄积量的杨树人工林，生长季节需水量为 689.9 毫米，全年需水量为 945.9 毫米；5 年生每公顷蓄积量 45 立方米的杨树人工林，生长季节每公顷需水量 1 306.7 毫米，全年需水量 1 526.7 毫米。这个数量大大超过了当地 500～600 毫米的年降水量。

(一)杨树体内自然含水率和水势

1. 含水率 在杨树生长的自然环境中，自然降水、空气湿度和土壤含水量的变化规律，都会影响到杨树体内的水分平衡，进而影响到杨树体内的含水率。

在同一环境条件下，不同的杨树品种的含水率存在差异，大致是：I-72/58 杨＞I-69/55 杨＞北京杨＞沙兰杨＞I-214 杨＞合作杨＞黑小杨＞群众杨＞小黑杨＞小叶杨。说明不同品种的需水量和耐旱能力有所不同，南方型杨含水率最高，在其生长发育过程中需水量也就越大。

根据对 I-72/58 杨、I-69/55 杨的苗期不同器官含水率的季节变化情况来看，在长江中下游平原的 7～8 月份高温湿润的生长季节，杨树苗木的叶、根含水率最高，在 5～6 月份的温暖季节，苗茎含水率较高，在 10 月份的生长末期，根、茎含水率大幅度降低（表 3-5）。

杨树叶片含水率在 1 昼夜内，随着光照、温度和空气湿度的变化而有规律地变化。

植物体内水分饱和亏缺是植物材料缺水程度的指标，和相对含水率的相关关系为：

$$(\overline{W}SD) = (100 - R)\%$$

其中：$\overline{W}SD$ 为水分饱和亏缺，R 为相对含水率。

当相对含水率达 100％时，植物处于水分饱和状态，水分饱和

表 3-5　I-72/58 杨、I-69/55 杨苗木含水率季节变化(%)

树种	叶					茎					根				
	6月	7月	8月	9月	10月	6月	7月	8月	9月	10月	6月	7月	8月	9月	10月
I—72/58 杨	71.7	74.6	73.8	64.9	67.8	81.2	77.1	74.0	67.1	51.4	74.5	78.1	78.2	75.7	56.6
I—69/55 杨	73.5	73.7	72.8	71.9	67.4	79.8	72.9	73.7	67.9	48.7	73.5	72.9	75.4	69.6	57.5

亏缺为零。当含水率维持在 90%时，水分饱和亏缺为 10%。如果超过这一限度，则水分状况恶化，新陈代谢受阻，生长下降。

2. 水势　它用以判断水分自发的流向以及水分在植物细胞或组织间移动中的动态状况。

在自然界，在土壤、植物、大气的循环系统中，水分是自发地、不依靠外力推动即从土壤进入根系，通过根系的输导系统向上输送、再通过树干进入枝叶，并自发地扩散到大气中去。在这一循环系统中水分移动的方向和限度决定其内部的水势差，水总是自发地从高水势向低水势方向移动。水势是细胞水分状况的重要指标，细胞的水势愈低，表明细胞愈缺水，从外界获得水分的能力愈强。杨树干旱季节苗木水势偏低。

I-69/55 杨苗木在一天中的 14～16 时，水分饱和亏缺值最大，此后水势逐渐提高。夜晚亏缺值减小，水势也随之提高。日出以后，随着蒸腾的加剧，水势也逐渐降低，直至黄昏 18 时降至最低。I-69/55 杨苗木水分状况及昼夜和季节变化见表 3-6。

(二)杨树的蒸腾作用

杨树的蒸腾速率随昼夜和季节变化而发生有规律的变化，I-69/55 杨人工林蒸腾速率日变化是早、晚低，中午高；夜间的蒸腾速率仅为白天的 1/10～1/20。按季节变化，表现为少雨的 5、6 月份较高，多雨的7、8月份较低，生长期结束前最低，土壤供水充分

表 3-6　I-69/55 杨苗木水分状况及其昼夜、季节变化

水分指标 \ 月、日	5月17日			6月18日			7月14日			8月25日			9月15日		
时	6	14	18	6	14	18	6	14	18	6	14	18	6	14	18
水分饱和亏缺(%)	—	5.9	4.8	1.8	4.7	4.4	1.7	7.0	3.5	3.3	8.7	—	1.7	8.0	3.6
水势(−bar)	—	12.8	10.4	0.8	11.8	9.3	0.7	10.9	11.8	8.1	11.2	—	0.3	14.9	13.3
蒸腾速率 ($g \cdot g^{-1} \cdot h^{-1}$)	—	0.8	0.5	0.3	0.6	0.3	0.2	0.4	0.4	0.0	0.4	—	0.0	0.7	0.07
含水率(%)	—	223.4	217.3	260.0	235.8	209.1	204.2	194.4	198.8	211.9	225.6	—	210.4	174.4	188.1

时蒸腾速率有所提高，但不会改变昼夜和季节变化规律。I-69/55杨5～10月份的蒸腾速率（$g \cdot g^{-1} \cdot h^{-1}$）顺序为0.68、0.55、0.43、0.25、0.51、0.42；其日变化的蒸腾速率（$g \cdot g^{-1} \cdot h^{-1}$）在6时和8、10、12、14、16、18、20时顺次为0.12、0.39、0.82、0.58、0.48、0.44、0.42、0.11。［注：$g \cdot g^{-1} \cdot h^{-1}$为：单位叶鲜重（g）在单位时间内（小时h）的蒸腾失水量（g）］。5～9月份间蒸腾速率随季节和昼夜变化规律详见表3-6。

影响蒸腾速率的因子主要有气孔数量及调节程度、叶在树上的部位（即叶位）、土壤水分状况、气温和大气相对湿度等。

I-69/55杨树冠南侧上层、中层和下层的蒸腾速率依次为0.56、0.67和0.76，下部高于上部。

叶片上、下表皮的气孔数有一定差异，I-69/55杨上表皮每平方毫米气孔数为193.75个，下表皮为235.50个；I-72/58杨上表皮为192.23个，下表皮为242.25个。

I-69/55杨的蒸腾耗水量较大，4年生3米×8米人工林，年蒸腾耗水量为290～350毫米/公顷，5年生为600～880毫米/公顷。

I-69/55杨需水量较大，每公顷蓄积量8.5立方米，2年生人工林生长季节需水量约为558毫米，全年需水量810毫米；5年生每公顷蓄积量50立方米人工林，生长季节需水量1 300毫米，全年需水量1 670毫米。与长江中下游平原年降水总量基本持平。

（三）洪水对杨树生长的影响

杨树是喜水喜肥的树种，在水肥充足的条件下就能充分发挥出速生的优良特性。按照水在杨树生长过程中的生理学原理，水分是杨树赖以生存、生长、并达到速生丰产的重要条件，但杨树对水分的需要有一个科学的适宜幅度，水分过多，长期浸泡在水中，或缺少水分过于干旱，都会使之无法正常生长甚至死亡。根据裴葆华教授研究，南方型美洲黑杨I-69/55人工林在一年的生长周期的不同阶段中，适宜的需水量有所不同。因单位面积所承载的不同质量的林木数量，所需水量亦不相同。按照表 3-7 中数据再细算一下，每立方米蓄积量的需水量经试验所得数据是：每公顷 7.5 立方米蓄积的幼林，每立方米生长季节需水量为 440.9 立方米，全年需水量为 684.9 立方米；每公顷 13.5 立方米蓄积量的中龄林每立方米蓄积量需水量顺序为 440.5 立方米和 700.4 立方米；每公顷 45 立方米蓄积量的成熟林每立方米蓄积量的需水量顺序为 257.8 立方米和 347.2 立方米。可以认为，这是比较适宜的需水量，按此量供水，杨树生长最佳。

在长江中下游平原，不但年降水量充沛，而且在长江洪水泛滥的夏季，洪水对杨树人工林不同程度的浸泡，过多的水分对杨树有着明显的不良影响。三峡水库建成后，对长江的洪水水量虽能有所调节，但水淹沿岸滩地杨树人工林仍然不可避免，因此探讨洪水对杨树林生长影响规律，仍具有现实意义。

1990 年和 1991 年，与历年相比是长江洪水较大的两年，在安徽省长江下游平原地区杨树遭受不同程度的水淹和浸泡，其水量极大地超过了杨树正常所需水量。笔者与杨志敏博士、朱利场长、汪英桃工程师、刘贯中场长，在乌沙林场和新长洲林场进行了定位观测，所得结果如下。

1. 试验区概况 安徽省长江沿岸平原位居长江下游，境内地势平坦、海拔一般在 50 米以下或不足 20 米，由于地面沉降和泥沙淤积，形成星罗棋布的大小湖泊，由于长江泥沙的不断堆积而形成江中沙洲数量达 30 余处之多，有的成为半岛式的滩地。贵池区乌沙林场是一个长年冲积堆积而成的大型半岛式冲积滩地，面积达 333.3 公顷，场内最高海拔 15.90 米，最低海拔 13.20 米（1990 年测定）。怀宁县新长洲林场最高海拔 15.95 米，最低海拔 12.95 米（1990 年测定），是长江上游随水流夹带而来的泥沙长年冲积淤积而成的江心洲，1990 年全洲面积约为 650 公顷，由于每年都有泥沙淤积，洲岛面积每年都在增大，高程也不断提升，1992 年全洲面积增至 701 公顷，1996 年增至 728 公顷。

表 3-7 I-69/55 杨人工林全年需水量

人工林立木株数 (N/hm²)	人工林蓄积量 (m^3/hm^2)	需水量单位	生长季节需水量						休眠期需水量				全年需水量总计
			5 月	6 月	7 月	8 月	9 月	计	10 月	11 月	12 月～翌年 4 月	计	
555	7.5	mm	2.62	89.8	107.6	101.5	155.6	480.7	77	128	128	233	513.7
		m^3/hm^2	262	898	1076	1015	1556	4807	770	1280	1280	2330	5137
555	13.5	mm	32.4	111.1	133.1	125.6	192.5	594.7	95.2	128	128	351.2	945.6
		m^3/hm^2	324	1111	1331	1256	1952	5947	952	1280	1280	3512	9456
555	45	mm	273	235.2	287.5	213	151.6	1160.3	146.1	128	128	402.1	1562.4
		m^3/hm^2	2730	2352	2875	2130	1516	11603	1461	1280	1280	4021	15624

注：裴菜华试验研究数据

表 3-8 乌沙林场观测点水淹天数、深度和时期

年度		1990年(林龄4年)						1991年(林龄5年)					
标准地号		3	6	4	7	2	8	3	6	4	7	2	8
水淹天数	0.5m以下	6	8	13	18	31	31	4	5	34	34	31	32
	0.5～1.0m			5	6	7	8	13	7	5	4	21	33
	1.0～1.5m			9	8	5	4		8	3	3	5	4
	1.5～2.0m			2	4	9	12			4	5	4	1
	2.0～2.5m								14	12	5	4	
	2.5～3.0m									3	13	2	
	合计	6	8	29	36	52	55	17	34	61	64	67	70
水淹最深(m)		0.2	0.33	1.55	1.69	1.86	1.88	0.89	1.12	2.46	2.6	2.87	2.9
水淹时期		7.7～7.12	7.6～7.13	7.2～7.30	6.25～8.3	6.19～8.4	6.19～8.12	7.11～7.27	7.10～7.29	7.5～9.3	7.4～9.4	7.3～9.7	7.3～9.9

1990～1992 年在乌沙林场 16 个固定标准地中选取 2、3、4、6、7、8 共 6 个固定标准地观测点，在新长洲林场共计 86 个固定标准地中，选取 4 个固定标准地作为实测、观察点。在水淹期间逐日观测记录洪水水位在林中淹没的变化情况、测定水淹前后林木生长变化数据。

2. 试验区洪水水淹基本规律 乌沙林场 1990 年水淹深度 0.20～1.88 米，水淹时间 6～55 天。1991 年水淹 0.89～2.90 米，水淹时间 7～70 天。试验观测点乌沙林场 3、6 号标准地水淹时间最短，水淹深度也较浅，8 号标准地水淹时间最长，水淹最深。1991 年整体上水淹时间虽较长，但大多数时间水淹深度在 1.5 米以下。1990 年洪水始于 6 月 15 日、终止于 8 月 15 日，高峰期在 6 月 30 日至 7 月 15 日；1991 年洪水始于 7 月 1 日、终止于 8 月 10 日，高峰期在 7 月 10 日至 28 日。新长洲林场 1990 年水淹深度 0.5～3.5 米，水淹时间25～60 天；1991 年水淹深度 0.7～4.0 米，水淹时间 30～60 天；1992 年水淹深度 1.0～4.0 米，水淹时间 30～65 天。在 3 处观测点海拔高 1990 年为 14.6～15.1 米，1991 年为14.9～15.4 米，1992 年为 15.0～15.6 米。3 年水淹深度分别为 1.1～1.5 米、1.6～1.8 米、1.8～2.0 米；水淹持续时间分别为 40～45 天、40～48 天、56～60 天。乌沙林场各观测点水淹深度和时期见表 3-8。新长洲林场各观测点水淹深度和时期见表 3-9。

表 3-9 新长洲林场观测点水淹深度及水淹时期表

年　代	1990 年(林龄 1 年)			1991 年(林龄 2 年)			1992 年(林龄 3 年)		
标准地号	53	54	55	53	54	55	53	54	65
水淹最深(m)	1.5	1.5	1.1	1.8	1.8	1.6	2.0	2.0	1.8
水淹天数	45	44	40	48	48	40	60	57	56

3. 水淹对杨树叶量、叶重的影响 在固定标准地内选择生长

中等的林木 3 株作为永久测定株，在这 3 株立木中，每株选择有代表性的 3 条侧枝作为永久测定的样枝，测定水淹前后的叶片数量、100 片叶重、100 片×16 平方厘米的叶重。数清全树侧枝数并在 1 年内不修枝以便保持固定的侧枝数量。在洪水到来前 5 天内及洪水退却后 5 天内测定有关数据。测定结果如表 3-10、表 3-11 所示。从表中所列测定结果可以看出。

第一，无论是在新长洲 1～3 年及乌沙 4～5 年的杨树，水淹后，全株树木的叶片数量都有不同程度的减少。在新长洲 3 块标准地水淹程度相似，叶片减少率相似；叶片减少率随树龄的增加而降低，保留的叶片数量则随树龄的增大而增加。在乌沙林杨，6 块标准地水淹程度各异，叶片减少率则随水淹程度而异，水淹时间愈长，水淹愈深，叶片保留愈少，叶片保留率愈低，全株树木的叶片面积亦有类同的规律。

第二，无论是叶片数量还是叶面积，水淹后的保留率都较低。除 3、6 号标准地因水淹时间短，水淹深度浅，保留率较高外，其余多在一半和一半以下，严重的叶片数量保留率只有 20.9%，叶面积保留率只有 22.4%。

第三，从现象观察，水淹后保留下来的叶片，叶色多为黄绿色和绿黄色，大约 1 周后，开始变黄脱落。1～2 年生杨树在 15 天以内(8 月中下旬)全部脱落，3～5 年生杨树叶色黄绿色多于绿色，叶片脱落时间可延至 8 月下旬至 9 月上旬，在老叶脱落的同时，不断长出新叶，但新叶的叶型较小，叶数较少。

4. 水淹对林木生长的影响

第一，在洪水水淹区，洪水对林木生长的影响极为明显。正如表 3-8、表 3-9 所示，在洪水期林地存水量非常大，极大地超过了杨树生长所需的正常水量，因此，洪水对杨树生长所产生的负面影响是在所难免的。

乌沙林场 6 个试验区杨树人工林栽培密度 3 米×6 米，测试期的林龄为 4 年和 5 年，新长洲林场 4 个试验区杨树人工林栽培

表 3-10　乌沙林场水淹对林木叶量、叶重的影响

年限及林龄		1990 年(林龄 4 年)						1991 年(林龄 5 年)					
标准地号		3	6	4	7	2	8	3	6	4	7	2	8
叶数(标准枝)	水淹前	406	302	276	264	432	383	399	382	396	391	466	411
	水淹后	320	196	153	136	208	164	255	199	147	143	95	86
叶重(g/100 片)	水淹前	187.2	180.8	172.3	175.5	172.9	175.3	125.5	138	137.6	181.1	208.2	172
	水淹后	180.1	175.7	164.3	169.1	168.9	160.1	21.1	131.8	131.7	174.3	202.1	163
叶重(g/16cm^2·100 片)	水淹前	36.4	32.9	32.5	31	35.5	35.6	31.8	30.8	32.5	36.2	35.6	36.1
	水淹后	29.5	26.3	27	26.8	28	26.6	6.4	26.9	30.4	32.1	31.8	31.9

续表 3-10

年限及林龄		1990 年(林龄 4 年)						1991 年(林龄 5 年)					
标准地号		3	6	4	7	2	8	3	6	4	7	2	8
全树叶数(片)	水淹前	21924	16912	15180	14784	23328	21831	20748	20246	20988	21114	21560	21783
	水淹后	17280	10976	8415	7616	11232	9348	13260	10547	7791	7722	4655	4558
	保留率(%)	78.8	64.9	55.4	51.5	48.1	42.8	63.9	52.1	37.1	36.6	21.6	20.9
全树叶面积(m^2)	水淹前	180.4	148.7	128.8	133.9	181.8	172	131	145.1	142.2	169	201.7	166.1
	水淹后	168.8	117.2	81.9	76.9	108.4	90	93.7	82.7	54	67.1	47.3	37.7
	保留率(%)	93.6	78.8	63.6	57.4	59.6	52.3	71.5	57	38	39.7	23.5	22.7

表 3-11　新长洲林场水淹对林木叶量、叶重的影响

年限及林龄		1990 年(林龄 1 年)			1991 年(林龄 2 年)			1992 年(林龄 3 年)		
标准地号		53	54	55	53	54	55	53	54	55
叶数(标准枝)	水淹前	22	22	24	48	51	52	103	110	109
	水淹后	10	9	11	21	21	20	37	28	29
	保留率(%)	45.4	40.9	45.8	43.7	41.2	38.5	35.9	25.4	26.6
叶重(g/100 片)	水淹前	105.0	131.8	104.2	113.8	132.7	114.6	139.6	140.7	141.6
	水淹后	93.2	91.3	91.6	94.2	91.1	90.8	137.7	140.1	139.8
	保留率(%)	88.8	69.3	87.9	82.8	68.6	79.2	98.6	99.6	98.7
叶重(g/16cm²·100 片)	水淹前	18.18	19.05	17.08	21.12	19.81	17.72	27.93	26.14	28.1
	水淹后	17.60	17.08	16.01	18.30	17.61	16.93	25.04	23.08	26.91
	保留率(%)	96.8	89.6	93.7	86.6	88.9	95.5	89.6	88.3	95.8

续表 3-11

年限及林龄		1990 年(林龄 1 年)			1991 年(林龄 2 年)			1992 年(林龄 3 年)		
标准地号		53	54	55	53	54	55	53	54	55
全树叶数(片)	水淹前	462	440	480	1344	1377	1404	3708	4290	4033
	水淹后	210	180	220	588	567	540	1332	1092	1073
	保留率(%)	45.5	40.9	45.8	43.7	41.2	38.5	35.9	25.4	26.6
全树叶面积(m^2)	水淹前	4.27	4.87	4.69	12.16	14.76	14.53	29.65	36.94	32.52
	水淹后	1.78	1.54	2.01	4.84	4.69	3.94	11.72	10.60	8.92
	保留率(%)	41.7	31.6	42.9	39.8	31.8	27.1	39.5	28.7	27.4

密度 6 米×6 米，测试期林龄为 1、2、3 年。从实测数据分析，当年的总生长量都较低，在乌沙林场表现为树高与胸径的年总生长量与水量程度（即水淹深度和水淹时间）密切相关，水淹程度越深，林木生长量越低。尤其是胸径生长，最低只有 1.59 厘米/年，详见表 3-12。新长洲林场 3 个试验区水淹程度相近，林木生长处于同一低水平。生长量为：1 年生胸径 0.63～1.1 厘米，树高 1.01～1.08 米；2 年生胸径 1.1～1.79 厘米，树高 1.2～1.83 米；3 年生胸径 1.82～2.85 厘米，树高 1.34～1.65 米，还不如我国半干旱地区正常年景的生长水平（详见表 3-13）。究其原因，在江心洲的立地条件下洪水过后，地下水仍处于高水位状态，影响了根系正常发育和吸收土壤中的养分。据初步观测，在新长洲这样的江心洲，洪水过后的一个半月内，地下水位仍处于 0.5～0.8 米，地下水位过高不利于杨树生长。

第二，洪水水淹期前后时期林木的生长差异明显。从表 3-12 和表 3-13 中洪水水淹前后各时期生长量实测值分析，洪水前期、后期及洪水水淹期间林木生长量有以下规律：即洪水水淹持续时间长而深的地区，水淹前期林木生长量比重较大，占全年总生长量的 32%～80%；水淹期间，林木生长量趋缓，占全年总生长量的 10%～55%不等；而洪水过后的后期，林木生长量仅占全年总生长量的 1.7%～47%，可以认为林木生长趋于停止。只有在洪水淹没较浅的地区，在洪水水淹期间及其前期和后期这三个阶段，林木生长大致各占 1/3。

第三，不同水淹程度杨树生长水平。单从水淹程度分析，沿江一些洲岛滩地杨树生长水平如表 3-14 所示，在水淹深度 0.5 米，水淹时间 10 天以内的林木生长才有可能获得高额丰产，水淹深度超过 2.5 米，水淹时间在 50 天以上的，林木生长量很低，不宜种植杨树人工林。

5. 洞庭湖区地下水位与洪水连续淹没期对杨树生长的影响 中南林学院陈永密教授在洞庭湖区 6 万公顷不同立地条件的

表 3-12　乌沙林场水淹对林木生长的影响　　树高:m　　胸径:cm

	年　限	1990 年(林龄 4 年)					1991 年(林龄 5 年)					
	标准地号	3	6	4	7	2	8	3	6	4	7	2	8
各时期生长量	洪水期前												
	树高	1.40	1.35	1.25	1.04	1.04	1.06	2.54	2.56	2.42	2.56	2.3	2.47
	胸径	1.35	1.17	1.06	1.01	1.22	1.05	1.04	1.03	1.39	1.24	1.2	1.11
	洪水期中												
	树高	1.53	1.45	1.52	0.75	0.52	0.56	1.15	0.9	0.82	0.68	0.61	0.43
	胸径	1.15	1.39	1.26	1.35	1.45	1.43	1.01	0.85	0.59	0.62	0.50	0.58
	洪水期后												
	树高	1.22	1.20	1.17	1.04	1.20	0.86	0.82	0.72	0.62	0.61	0.59	0.5
	胸径	0.93	0.94	0.95	0.79	0.26	0.09	0.5	0.51	0.12	0.11	0.10	0.05
	年总生长量												
	树高	4.15	4	3.94	2.83	2.76	2.48	4.51	4.18	3.86	3.85	3.5	3.4
	胸径	3.43	3.5	3.27	3.15	2.93	2.57	2.55	2.39	2.1	1.97	1.8	1.74

续表 3-12

年 限		1990年(林龄4年)					1991年(林龄5年)						
各时期生长率(%)	洪水期前												
	树高	33.7	33.5	31.7	36.7	35.5	42.7	56.3	61.2	62.7	66.5	65.7	72.6
	胸径	39.4	33.4	32.4	32.1	41.6	40.8	40.7	43.3	66.1	62.9	66.7	63.8
	洪水期中												
	树高	36.9	36.2	38.6	26.5	17.7	22.6	25.5	21.5	21.2	17.7	17.4	12.6
	胸径	33.5	39.7	38.5	42.8	49.5	55.6	39.6	36.6	28.1	31.5	27.8	33.3
	洪水期后												
	树高	29.4	30.3	29.7	36.8	46.8	34.7	18.2	17.3	16.1	15.8	16.9	14.7
	胸径	27.1	26.9	29.1	25.1	8.9	6.3	19.7	20.1	5.8	5.6	5.5	2.9
洪水量实测值	水淹最深(m)	6	8	29	35	52	55	17	20	61	64	67	70
	水淹天数(d)	0.2	0.33	1.55	1.69	1.86	1.88	0.89	1.12	2.46	2.6	2.87	2.9

I-63/51 杨、I-69/55 杨、I-72/58 杨人工林内设置固定标准地进行定位观测、实测数据后，运用逐步回归数学模型、非线性黄金分割法(0.618)研究杨树生长与地下水位的相关性；采用模糊聚类分析方法研究洪水连续淹没期与杨树生长的相关关系，得到如下论点。

第一，杨树生长速度与地下水位高低有紧密相关性，地下水位过高、过低均严重影响杨树生长。在洞庭湖区营造杨树速生丰产林最适宜的地下水位为 0.9～2.4 米。小于 0.6 米时则应开沟排渍后方可造林，大于 2.8 米时则不宜选作造林地，除非在生长季节能够进行灌溉。

第二，洪水连续淹没期的长短与杨树生长速度关系密切，洪水连续淹没期在 20 天内几乎无影响，在 30 天内影响不大，在 40 天内影响较大，在 50 天内有较严重影响，在 60 天内影响更为严重，在 60 天以上则不宜选作杨树造林地。

根据调查，在湖南省沅江市在垸内，基本无水淹的情况下，I-69/55 杨人工林蓄积量的年平均生长量 2.09 立方米/667 平方米，汉寿市垸内为 2.04 立方米/667 平方米，汉寿市垸外在洪水季节遭受水淹的杨树人工林，蓄积年平均生长量为 1.24 立方米/667 平方米，只相当于垸内的 60.7%。

三、芦苇伴生对杨树生长的影响

(一)造林前对芦苇地的利用方式

在芦苇滩地营造杨树林是 20 世纪 90 年代以来出现的造林形式，在造林前对芦苇滩地的利用方式有以下几种。

1. 杨树芦苇共生 入秋以后，芦苇的地上部分即黄熟枯萎，入冬以后采割，大部分出售给造纸厂用于造纸，少部分用于农户烧柴，每年周而复始。新长洲林场、保婴、培文村林场就是采用这种方式，造林后仍然保留芦苇生长，形成杨树和芦苇共生的生态环

表 3-13　新长洲林场水淹对林木生长的影响　　　树高:m　胸径:cm

年限		1990 年(林龄 1 年)			1991 年(林龄 2 年)			1992 年(林龄 3 年)		
标准地号		53	54	55	53	54	55	53	54	55
各时期生长量	洪水期前									
	树高	0.69	0.83	0.76	0.76	1.46	1.2	0.95	1.33	0.99
	胸径	0.36	0.51	0.85	0.71	0.57	1.34	1.03	2.13	1.4
	洪水期中									
	树高	0.26	0.1	0.17	0.31	0.24	0.31	0.28	0.20	0.3
	胸径	0.2	0.40	0.25	0.61	0.39	0.43	0.48	0.59	0.39
	洪水期后									
	树高	0.13	0.08	0.12	0.13	0.13	0.13	0.11	0.12	0.11
	胸径	0.07	0.15	0	0.13	0.14	0.02	0.12	0.13	0.03
	年总生长量									
	树高	1.08	1.01	1.05	1.2	1.83	1.64	1.34	1.65	1.4
	胸径	0.63	1.06	1.1	1.45	1.1	1.79	1.63	2.85	1.82

续表 3-13

年　限		1990年(林龄1年)			1991年(林龄2年)			1992年(林龄3年)		
标准地号		53	54	55	53	54	55	53	54	55
各时期生长率(%)	洪水期前									
	树高	63.8	82.2	72.4	63.3	79.8	73.1	70.9	80.6	70.7
	胸径	57.1	48.1	77.3	49	51.8	74.9	63.2	71.3	76.9
	洪水期中									
	树高	24.1	9.9	16.2	25.8	13.1	18.9	20.9	12.1	21.4
	胸径	31.7	37.7	22.7	42	35.4	24	29.4	20.7	21.4
	洪水期后									
	树高	12.1	7.9	11.4	10.9	7.1	8	8.2	7.3	7.9
	胸径	11.2	14.2	0	9	12.8	1.1	7.4	8	1.7
洪水量实测值	水淹最深(m)	1.5	1.5	1.1	1.8	1.8	1.6	2	2	1.8
	水淹天数(d)	45	44	40	48	48	40	60	57	56

表 3-14　不同水淹程度杨树生长量

水淹最大深度(m)		0	0.5	1.5	2	2.5	3
水淹最长天数(d)		0	10	25～40	40～50	50～60	60 以上
年平均生长量	树高(m)	3～4	3～4	3～3.6	2.5～3.1	2.3～3.7	2
	胸径(cm)	4～5.4	4～5.2	3.4～4.2	3～3.6	2～2.5	2
	蓄积($m^3/667m^2$)	0.53～1	0.53～1	0.4～0.67	0.27～0.53	0.11～0.2	0.07 以下
生长水平评价		高额丰产	高额丰产	丰产	一般丰产	低产	很差

境。模范洲林场的部分地段亦然。但近几年由于芦苇造纸对环境污染严重而停止使用，芦苇因而在逐年减少。

2. 清除芦苇后造林 造林前是芦苇滩地，造林整地时将芦苇清除，造林后及时清除再生的少量芦苇，林间大部分间种农作物。亦有闲置不间种的。铁锚洲林场、黄石村幸福洲林场、江心洲清节洲林场、江镇镇连山林场、万新圩林场、凤仪洲南洲、三八等林场以及乌沙林场属于这种方式。

3. 季节性农地 选择土壤较肥沃的地段清除芦苇，改作季节性农地种植农作物，种植数年后造林，这种方式在新造林地没有芦苇。模范洲大部分地段、凤仪洲多数地段即属于这一方式。

4. 围埂清芦 经过数年努力，在江心洲岛上四周筑埂，防止江水浸灌，然后清除芦苇改作农地，需要造林时即造林。在这样的造林地上，即无芦苇伴生亦无洪水淹没现象，林内林农间种，生长旺盛。凤仪洲南埂林场、安庆市郊新洲林场即属这一方式。

5. 清芦造林不间种 在土壤瘠薄芦苇生长稀疏的地区，清芦整地后造林，造林后不间种，七里亭林场属这一方式。这类土地由于土壤瘠薄，杨树生长不旺盛。

(二)芦苇是影响杨树生长的主要因素

1. 芦苇根系对杨树生长的影响 通过对怀宁县新长洲、模范洲林场长年的观察研究，造林前芦苇根系密集分布在土层 30 厘米(模范洲)或 40 厘米(新长洲)以内的表层，少量分布最深可达 70 厘米(模范洲)或 90 厘米(新长洲)，详见表 3-15、表 3-16。营造杨树林以后的第三年观测，芦苇根系密集分布范围有上升趋势，新长洲上升 10 厘米，即从 40 厘米上升到 30 厘米，模范洲的芦苇密集分布区虽仍在 30 厘米以内，但密集分布的最深范围，则普遍上移。详见表 3-17 和表 3-18，这就可以认为，由于杨树的存在，芦苇在逐年消退。

表 3-15　新长洲造林前芦苇根系分布

密集分布范围			极少根系分布最深范围		
深度(cm)	剖面芦根数量	%	深度(cm)	剖面芦根数量	%
20 以上	8	25.9	40～50	9	29.0
21～30	11	35.5	51～60	7	22.6
31～40	10	32.3	61～70	7	22.6
41 以下	2	6.4	71～80	5	16.1
			81～90	3	9.7
计	31	100	计	31	100

表 3-16　模范洲造林前芦苇根系分布

密集分布范围			极少根系分布最深范围		
深度(cm)	剖面芦根数量	%	深度(cm)	剖面芦根数量	%
20 以上	8	44.4	21～30	6	33.3
21～30	10	55.6	31～40	9	50.0
			41～50	2	11.1
			51 以下	1	0.6
计	18	100	计	18	100

表 3-17　新长洲林场造林后 3 年芦根分布

密集分布范围			极少根系分布最深范围		
深度(cm)	剖面芦根数量	%	深度(cm)	剖面芦根数量	%
20 以上	14	45.15	30	15	48.38
21～30	14	45.15	31～40	12	38.71
31～40	3	9.7	41～50	4	12.91
计	31	100	计	31	100

表 3-18　模范洲林场造林后 3 年芦根分布

密集分布范围			极少根系分布最深范围		
深度(cm)	剖面芦根数量	%	深度(cm)	剖面芦根数量	%
20 以上	12	66.7	21～30	8	44.45
21～30	6	33.3	31～40	8	44.45
			41 以下	2	11.10
计	18	100	计	18	100

表 3-19　新长洲杨树人工林各林龄新根着生范围百分数

杨树新根着生深度范围(cm)	林龄			
	1	2	3	4
30 以下		4	5	5
40 以下		11	80	91
50 以下		85	15	4
60 以下	100	—	—	—

杨树造林时多是挖穴深 1 米后再栽植，栽植深度为 90 厘米。通常在造林当年，埋入土中的树干即能长出若干新根，又能逐年扩大根系的垂直幅度及纵向根幅。但根据挖根观测(表 3-19)，杨树与芦苇共生的林地内，造林后 1 年生杨树新根多分布于 60 厘米以下，以后随着树龄的增大，新根分布范围在逐年上升，说明杨树新根的生根范围受到了芦苇根系分布的影响，但总趋势是：随着杨树林龄的增大，芦苇根系逐步上移，杨树新根亦同步上移。最终在杨树林分相对郁闭后，芦苇逐步消失。杨树新根在土层下面大量形成直至土壤表面。

2. 芦苇地上部分的芦秆对杨树生长的影响　沿江洲岛的滩地芦苇群丛，芦苇密度一般在 0.85～0.95，生长非常密集。造林时挖穴及造林后的扩穴抚育，在杨树四周 1 米处清除了芦苇，一时虽出现一个小空间，但很快又有新的芦苇长出而填补这一空间，因此，杨树始终是在芦苇包围之中生存和生长。在这样的生态环境下，杨树犹如在密度很大的林内生长，其生长趋势势必向高发展，以求得到更多的阳光。而直径生长则相对少，出现高径比的差异。模范洲 2 年生 6 米×6 米密度的杨树人工林，与芦苇共生的高径比为 1.018∶1，无芦苇生长的高径比为 0.776∶1，生长量只有没有芦苇的 62%～71%。

每年 6 月中旬至 8 月中旬 2 个月左右的时间是长江洪水期，在洪水泛滥期间，水流量很大，沿江冲积洲、岛、滩地多被洪水淹没，栽植的杨树淹入水中浅的 0.2～0.3 米，深的可达 3 米甚至更深，一般在 2 米左右。在流量大，树木淹没深，时间长的情况下，土壤表层因浸泡而松散，树木地上部分遭受洪水不断冲击，在没有芦苇的杨树林内，杨树大批倒伏，林龄 1～2 年的倒伏极为严重，最高达 50%，平均在 28%左右，以后随林龄的增大而逐渐减少(表 3-20)。这样不但因扶树要花费大量经费和劳力，而且杨树生长受到影响。

表 3-20 不同林龄洪水期杨树倒伏率 (%)

林龄	铁锚洲	新长洲	乌沙	模范洲
1	30～50	20～40	15～25	10～15
2	25～40	15～20	16～18	8～10
3	20～30	6～7	8～12	6～8

在有芦苇共生的杨树林内，地下因芦根盘结，减轻了土壤表层的松散程度，地上由于芦秆的保护，减缓了洪水对杨树的冲击。从而很少发现倒伏现象。

(三)有无芦苇伴生的杨树人工林生长量对比

在怀宁县模范洲林场和新长洲林场设置了芦苇伴生与否对杨树生长影响的固定标准地，模范洲林场没有芦苇的地块是数年前将芦苇清除后作为季节性耕地，每年种植小麦等农作物，于1991

表 3-21　有无芦苇伴生的杨树人工林生长对比

地　点		模范洲				新长洲					
有无芦苇伴生		有	无	有	无	有	无	有	无	有	无
栽植密度(m)		6×6	6×6	6×6	6×6	6×6	6×6	6×6	6×6	6×6	6×6
总生长量	林龄(y)	2	2	3	3	2	2	3	3	4	4
	树高(m)	6.88	7.39	8.27	11.82	4.57	6.02	6.78	8.69	8.94	10.85
	胸径(cm)	6.67	9.52	10.73	13.62	3.95	4.91	6.48	7.94	9.69	10.83
	蓄积(m^3/667m^2)	0.2484	0.4779	0.6424	1.2963	0.0837	0.1308	0.2265	0.3904	0.5668	0.8001
年平均生长量	树高(m)	3.44	3.70	2.76	3.94	2.29	3.01	2.26	2.90	2.23	2.71
	胸径(cm)	3.38	4.76	3.58	4.45	1.96	2.46	2.16	2.65	2.43	2.71
	蓄积(m^3/667m^2)	0.1242	0.2389	0.2208	0.4321	0.0375	0.0654	0.0762	0.1301	0.1424	0.2001
比值(%)	树高	92.97	100	70.05	100	76.08	100	77.93	100	82.29	100
	胸径	71.01	100	78.85	100	79.67	100	82.52	100	89.67	100
	蓄积	51.98	100	49.56	100	57.36	100	58.52	100	71.18	100

年栽植杨树。新长洲林场是在芦苇地造林 2 年后在局部地块清除芦苇设置的标准地,在上述两个林场无芦苇的标准地附近设置有芦苇标准地以便相互对照观测。通过 3 年的观测,有芦苇伴生与没有芦苇伴生的杨树生长量列于表 3-21,从表中所列数据可以看出,在林龄 3 年以前,树高、胸径生长,有芦苇伴生的只及没有芦苇的 70%~82%,蓄积量只及 50%左右。说明芦苇伴生对杨树生长确有不良影响。但总趋势是随着林龄的增长,其间的差距在逐渐缩小。

上述只是两个林场的对比试验,只能说明在林龄 2~4 年间芦苇对杨树生长确有不良影响。但影响的程度因地而异。表 3-22 是位于新长洲对岸保婴村、培文村的有芦苇伴生的杨树人工林生长水平。其水淹程度较新长洲差一些,土壤肥力较新长洲好些,芦苇密集程度与新长洲相似,有无芦苇伴生林木生长量差异虽然很大,但有芦苇的林木生长量却远远比新长洲高,说明芦苇对杨树生长的影响亦因立地不同而有差别。

表 3-22　保婴、培文芦苇伴生杨树人工林生长量

地　点		保婴村		培文村
有无芦苇伴生		有	无	有
栽植密度(m)		6×6	6×6	6×6
总生长量	林龄(y)	4	4	4
	树高(m)	12.61	15.17	13.11
	胸径(cm)	13.04	15.77	16.10
	蓄积($m^3/667m^2$)	1.2604	2.0692	1.9110
年平均生长量	树高(m)	3.15	3.79	3.28
	胸径(cm)	3.26	3.94	4.03
	蓄积($m^3/667m^2$)	0.3151	0.5173	0.4778
水淹状况	最大深度(m)	2.0	1.5	2.0
	最多天数(d)	50	40	50

(四)芦苇伴生对不同栽植密度的杨树人工林生长的影响

在新长洲原生芦苇地上，在保留现有芦苇的情况下，直接挖穴造林。造林密度从3米×1.5米至8米×6米共计14种，目的在于观测芦苇在不同造林密度条件下对杨树生长的影响情况。1990年春开始造林，至1995年的6年中，设置固定标准地(3次重复)进行定位定株观测。1～6年14种密度的林分平均生长量列于表3-23，在这6年中，不进行人为清芦作业的情况下，林中芦苇生长势及盖度前三年没有变化，芦苇高度仍然年生长3米左右，第四年芦苇稍有稀疏，盖度90%左右，高度3.0米左右，第五年盖度为80%，第六年盖度为70%～80%，比前一年略有下降，芦苇高度基本不变。说明芦苇在杨树林中，其生长势基本不衰。14种密度的杨树树高和胸径生长差异不明显，但其总生长水平较低，说明在芦苇伴生条件下，杨树生长水平受芦苇影响很大。

通过分析认为：芦苇对杨树生长是极其不利的，在一般情况下，应及时清除芦苇达到促进林木生长的目的。

四、杨树林下植被演替

野生的芦苇，主要用于造纸，具有一定的经济价值。但芦苇作为造纸原料的最大的弊端就是对环境污染严重，因此利用芦苇地造林，实是对生态环境的改善和增值经济效益两利的举措。

为了促进杨树速生丰产，造林前应清芦深翻地。尽可能多地进行清除芦根等整地作业，然后挖穴造林。即使如此，由于芦根不能完全清净，造林后仍有芦苇生长出来。

由于芦苇属强阳性植物，必须在充足的阳光下才能正常生长，因此造林后，通过人为适当干涉，随着杨树的逐渐长大，林木郁闭度逐年增大，生态环境逐年改变，芦苇也随即逐渐衰退，从而出现

表 3-23　新长洲林场丰产林密度对比试验

（密度：m、H：m、D：cm、蓄积 $m^3/667m^2$）

密度	基数		1年		2年		3年		4年		5年		6年		
	H	D	H	D	H	D	H	D	H	D	H	D	H	D	蓄积
3×1.5	3.47	2.14	4.59	3.14	6	5.02	7.87	6.93	11.35	8.44	13.56	9.78	15	10.77	8.23
3×2	3.64	2.25	4.71	3.24	5.93	5.1	7.79	7.14	10.93	8.76	13.39	10.52	15.7	11.7	7.43
3×3	3.68	2.29	4.65	3.21	5.85	4.89	7.48	7.25	10.67	9.24	13.49	11.86	15.3	13.04	6.23
4×3	3.62	2.3	4.7	3.3	5.89	4.94	7.86	7.67	9.95	9.57	13.07	12.07	15.2	13.61	4.79
4×4	3.66	2.27	4.68	3.20	5.86	4.69	7.62	7.47	9.59	9.28	12.85	12.02	14.5	14.35	3.81
4×5	3.52	2.5	4.67	3.23	5.75	4.63	7.37	7.23	9.33	9.06	12.81	12.42	15	14.94	3.31
6×3	3.61	2.26	4.51	3.18	5.56	4.61	7.02	7.44	9.55	9.36	12.73	11.95	13.5	13.44	2.81
6×4	3.55	2.18	4.46	3.1	5.5	4.55	6.68	7.03	9.03	8.83	12.4	11.39	14.5	13.95	2.41
6×5	3.55	2.17	4.48	3.15	5.63	4.61	6.95	7.22	9.15	9.07	12.66	11.54	14.8	14.61	2.1
6×6	3.55	2.19	4.42	3.17	5.6	4.47	7.01	7.57	8.89	9.45	12.83	12.02	14.8	13.82	1.59
6×7	3.37	2.1	4.3	3.01	5.48	4.34	6.92	7.1	8.67	9.14	12.61	11.92	14.5	14.29	1.44
8×4	3.48	2.17	3.93	3.15	5.25	4.67	7.15	7.81	9.14	9.88	12.88	12.33	14.1	14.71	1.95
8×5	3.45	2.13	4.01	3.12	5.29	4.38	7.23	7.14	8.86	9.29	12.36	11.86	15.6	14.6	1.69
8×6	3.48	2.17	3.96	3.53	5.29	4.66	7.19	7.85	8.99	10.14	12.86	12.83	14.5	15.6	1.48

注：H 为树高，D 为胸径

林下植被的演替变化。由于林下环境条件和原生植被的差异，在大面积的人工林下形成了不同的植被类型。

根据笔者在贵池、怀宁、枞阳、铜陵县的杨树林下多年调查和观察，杨树林下植被随着林龄的增长而进行着动态演替，大致出现五种植被类型，在五种植被类型中，杨树生长量亦有所差异。

(一)五种植被类型

1. 禾草—芦苇类型 造林后1～2年，芦苇仍密集生长，造林密度3米×2.5米～3米×4米的林下芦苇从第三年开始稀疏，同时出现禾草，至第五年，禾草盖度达70%左右，芦苇下降至20%。造林密度4米×4米～6米×3米的林下芦苇在3～4年降至50%～60%，同时出现禾草，盖度可达10%～20%；林龄5～6年时，芦苇盖度下降至40%～30%，芦层高度只有2米左右，禾草盖度可达60%以上，其伴生种有莎草、薅草、野艾蒿等，呈散生状。

2. 水芹菜类型 在地下水位较高的3米×3米和3米×2米密植杨树林下，林龄3年以后，林冠郁闭度达0.7～0.9时，林下芦苇全部消失，代之以水芹菜，盖度可达90%～95%，水芹菜叶层高度可达50～70厘米，形成稳定的水芹菜类型。

3. 薹草类型 在造林前不但采割芦苇的地上部分，同时通过翻耕或化学灭芦，消灭大部分芦根，造林后1～2年仍能出现盖度在10%以下的芦苇，以后逐年减少直至散生状，薹草从第一年即可见到，随林龄的增大而逐年增多，最终总盖度可达90%以上，其伴生植被有水田碎米荠、肉根毛茛、紫云英。

4. 莎草类型 演替过程与薹草类型类同，莎草盖度可达80%以上。叶层高度0.5米左右，伴生植被有水蓼、稗、小碎米荠等。

5. 蒿类型 随林龄的增长，蒿属植物逐年增多，盖度可达90%以上，叶层高度可达0.8～1.2米，种类以野艾蒿为主，还有艾蒿等，亦有水蓼、马兰呈小块状分布。

(二)不同植被类型杨树生长水平

1. 禾草—芦苇、水芹菜植被类型杨树生长水平 禾草-芦苇、水芹菜植被类型是在栽植密度较稀(6 米×6 米)的条件下,林下芦苇虽随林龄的增加而有所减少,但仍然由于芦苇的存在而影响杨树生长,第六年蓄积量只有 1.802 6 立方米/667 平方米。当杨树栽植密度加密(3 米×3 米),芦苇消失速度加快,出现以水芹菜为主的植被,加之单位面积林木株数多达 74 株/667 平方米,第六年蓄积量可达 5.815 0 立方米/667 平方米。

2. 薹草、莎草、蒿植被类型杨树生长水平 薹草、莎草、蒿植被类型由于栽植密度相对较密,在对芦苇进行适当干预后,逐渐出现新的植被类型。不同的植被指示着林木生长的差异,其中蒿植被类型杨树生长较好,按顺序排列应为:植被蒿类型＞薹草类型＞莎草类型。6 年蓄积量顺序为 7.971 6、5.968 2、5.596 1 立方米/667 平方米。五种植被类型杨树生长过程见表 3-24。

(三)小　结

在长江中下游沿岸冲积洲、岛、滩地的芦苇地上进行杨树人工林栽培后,由于生态环境的改变,林下植被发生着动态演替,本文所列五种植被类型是常见类型。

在造林前清除芦苇与否,对植被演替有着明显影响。在杨树造林密度小的条件下,演替成禾草—芦苇植被类型,芦苇仍不等量的长期存在。只有在杨树密植的条件下,还要通过人为的干预,芦苇才能迅速消失,则出现水芹菜、薹草、莎草或蒿植被类型。

利用杨树林下植被演替规律,采取以下相应的造林措施:一是采取密植造林,林分迅速郁闭后,促使芦苇迅速消灭,至林龄第五年采伐,伐后营造培育大径胶合板工业用材林,其经济效益将得到提高。二是清除芦苇进行造林是实现杨树丰产的主要手段,其中以蒿植被类型是理想的杨树造林地。

表 3-24 不同植被类型杨树人工林生长过程

植被类型号	植被类型名称	杨树人工林密度(m)	1年			2年			3年		
			树高(m)	胸径(cm)	蓄积量($m^3/667m^2$)	树高(m)	胸径(cm)	蓄积量($m^3/667m^2$)	树高(m)	胸径(cm)	蓄积量($m^3/667m^2$)
1	禾草—芦苇	6×6	4.8	3.0	0.0497	6.5	4.9	0.1379	7.8	6.9	0.2821
2	水芹菜	3×3	5.2	3.1	0.2221	7.0	4.8	0.5630	8.5	7.1	1.2647
3	薹草	4×6	2.1	1.6	0.0161	4.4	4.8	0.1536	7.5	9.2	0.6877
4	莎草	4×6	2.0	1.7	0.0171	4.3	4.7	0.1460	7.1	8.6	0.5865
5	蒿	4×6	2.1	1.6	0.0161	4.4	4.8	0.1536	7.9	10.2	0.8586

植被类型号	植被类型名称	杨树人工林密度(m)	4年			5年			6年		
			树高(m)	胸径(cm)	蓄积量($m^3/667m^2$)	树高(m)	胸径(cm)	蓄积量($m^3/667m^2$)	树高(m)	胸径(cm)	蓄积量($m^3/667m^2$)
1	禾草—芦苇	6×6	9.1	9.5	0.5545	10.2	12.5	0.9898	13.3	15.5	1.8026
2	水芹菜	3×3	10.0	9.5	2.3832	11.4	11.7	3.8275	13.7	13.6	5.8150
3	薹草	4×6	11.3	14.3	2.0708	15.3	18.3	4.1496	18.4	20.5	5.9682
4	莎草	4×6	11.0	13.8	1.9005	15.0	17.9	3.9194	17.8	20.1	5.5961
5	蒿	4×6	11.9	15.9	2.6194	15.8	21.0	5.5037	18.8	23.7	7.9716

第四章　长江中下游平原杨树人工林生长进程

一、资料来源

笔者将全国适宜生长杨树的区域划分成为十三个杨树栽培区，并被列入中华人民共和国林业行业标准 LY/T 1716—2007“杨树栽培技术规程”正式应用。其中，长江中下游平原属第五栽培区。按照地理位置的差异，又可分为长江中游平原、长江下游平原，汉水流域平原及江淮平原。在用于人工林生长预测收集的资料中，代表长江中游平原的有湖南省汉寿市、湖北省潜江市、天门市；代表长江下游平原的有安徽省枞阳县、池州市贵池区、庐江县、泾县和怀宁县；代表汉水平原的为陕西省安康县；代表江淮平原的有江苏省睢宁县，共计 10 份杨树人工林生长预测资料。其中湖南省汉寿、安徽省枞阳、池州市贵池和怀宁县的资料是笔者设置的固定试验地逐年实测资料；湖北省潜江市、天门市，陕西省安康县的资料是在实地考察过程中，依靠林分速测镜和生长锥测定的资料；安徽省泾县人工林资料是泾县千亩园苗圃汪天骥、汪雨晴的树干解析分析资料；江苏省睢宁县人工林资料取之于南京林业大学曹福亮教授的研究资料。

二、立地条件概况及该地区杨树人工林生长进程预测

(一)湖南省汉寿市立地条件概况及杨树人工林生长进程预测

该杨树人工林地处洞庭湖西南部沅江下游南岸，属洞庭湖区

的坑内，土壤原为湖底堆积的沉积土，属壤质灰湖潮土，土层深厚，肥力较高，砂壤质疏松，地形平坦，平均海拔 32 米。年平均降水量 1 457 毫米，年平均气温 16.9℃，无霜期 343 天。该地区杨树人工林生长进程如表 4-1。

表 4-1　湖南省汉寿市围湖区 I-69/55 杨丰产林生长进程

林龄(年)	4m×6m			5m×6m		
	D	H	$m^3/667m^2$	D	H	$m^3/667m^2$
2	11.4	8.99	1.15	11.56	8.5	0.99
3	14.15	11.3	2.03	14.67	11.09	1.68
4	16.69	13.84	3.22	17.56	14	2.81
5	19.05	16.48	4.96	20.27	17.05	4.31
6	21.23	19.09	6.57	22.79	20.01	6.13
7	23.26	21.51	8.63	25.15	22.71	8.22
8	25.14	23.65	10.83	27.35	25	10.47
9	26.88	25.45	13.1	29.4	26.85	12.77
10	28.49	26.91	15.35	31.32	28.28	15.07
11	29.98	28.07	17.5	33.11	29.35	17.32
12	31.37	28.95	19.65	34.38	30.12	19.46
13	32.65	29.61	21.63	36.33	30.67	21.49
14	33.88	30.11	23.5	37.79	31.06	23.44
15	34.94	30.47	25.24	39.14	31.33	24.35

注：D 表示胸径(cm)，H 表示树高(cm)，$m^3/667\ m^2$ 表示每 667 m^2 的蓄积量

(二)湖北省潜江市和天门市立地条件概况及杨树人工林生长进程预测

该杨树人工林地处长江中游水网农区，地形平坦，平常年景林内不易遭洪水水淹，土壤为长江冲积砂壤质亚潮土，地下水位 2 米

左右，土层深厚、疏松，年平均降水量 1 000～1 200 毫米，年平均气温 16.2℃，无霜期 321 天。该地区杨树人工林生长进程如表 4-2。

表 4-2 湖北省潜江市中潜杨、天门市中天杨丰产林生长进程

林龄（年）	湖北省潜江市中潜杨 5m×5m								
	总生长量			年平均生长量			连年生长量		
	D	H	m³/667m²	D	H	m³/667m²	D	H	m³/667m²
1	2.04	3.7	0.033	—	—	—			
2	6.77	8	0.406	3.39	4	0.203	—	—	—
3	10.79	11.48	1.214	3.66	3.83	0.405	4.02	3.48	0.808
4	14.22	14.3	2.382	3.56	3.58	0.596	3.43	2.82	1.168
5	17.14	16.59	3.789	3.43	3.43	0.758	2.92	2.29	1.407
6	19.63	18.45	5.321	3.27	3.27	0.887	2.49	1.86	1.532
7	21.75	19.95	6.88	3.11	3.11	0.983	2.19	1.86	1.532
8	23.56	21.17	8.405	2.81	2.95	1.051	2.12	1.5	1.56
9	25.11	22.16	9.852	2.79	2.79	1.095	1.81	1.22	1.525
10	26.42	22.96	11.179	2.64	2.64	1.118	1.55	0.99	1.447
11	27.54	23.61	12.385	2.5	2.5	1.126	1.31	0.55	1.206
12	28.49	24.13	13.457	2.37	2.37	1.121	1.12	0.55	1.106
13	29.31	24.56	14.419	2.25	2.25	1.109	0.95	0.52	1.072
14	30	24.91	15.256	2.14	2.14	1.09	0.82	0.43	0.962
15	30.59	25.19	15.986	2.04	2.04	1.064	0.69	0.35	0.837

续表 4-2

林龄（年）	湖北省天门市中天杨 5m×5m								
	总生长量			年平均生长量			连年生长量		
	D	H	m^3/667m^2	D	H	m^3/667m^2	D	H	m^3/667m^2
1	2.16	3.41	0.034	—	—	—			
2	6.72	7.68	0.389	3.36	3.84	0.195	—	—	—
3	10.6	11.14	1.149	3.2	3.71	0.383	3.88	3.46	0.76
4	13.9	13.94	2.239	3.47	3.48	0.56	3.3	2.8	1.09
5	16.71	16.22	3.549	3.34	3.24	0.71	2.81	2.28	1.31
6	19.11	18.07	4.975	3.18	3.01	0.829	2.4	1.85	1.426
7	21.14	19.56	6.417	3.02	2.79	0.917	2.03	1.49	1.442
8	22.88	20.77	7.828	2.86	2.6	0.979	1.74	1.21	1.411
9	24.36	21.76	9.162	2.71	2.42	1.018	1.48	0.99	1.334
10	25.62	22.56	10.391	2.56	2.26	1.039	1.48	0.8	1.229
11	26.69	23.2	11.498	2.43	2.11	1.045	1.07	0.64	1.107
12	27.6	23.73	12.491	2.3	1.98	1.041	0.91	0.53	0.993
13	28.37	24.15	13.360	2.18	1.86	1.028	0.77	0.44	0.969
14	29.03	24.5	14.129	2.07	1.75	1.009	0.77	0.42	0.869
15	29.66	24.78	14.805	1.97	1.65	0.987	0.66	0.35	0.769

注:D表示胸径(cm),H表示树高(cm),m^3/667 m^2 表示每 667 m^2 的蓄积量

(三)安徽省枞阳县凤凰洲立地条件概况及杨树人工林生长进程预测

它是长江下游冲积洲岛,杨树人工林地处洲岛的圩内。洪水期无水淹,圩外洪水期水淹 30～45 天,水淹深度 2.5～3.0 米。土壤属长江冲积灰潮土、砂壤土,土层深厚疏松,年平均降水量 1 217 毫米,年平均气温 16.3℃,无霜期 321 天。林地管护较好。该地区杨树人工林生长进程如表 4-3。

表 4-3 安徽省枞阳县凤凰洲 I-69/55 杨人工林生长进程

林龄(年)	圩外、密度 5m×5m(27 株/667 m^2)								
	总生长量			年平均生长量			连年生长量		
	D	H	m^3/667m^2	D	H	m^3/667m^2	D	H	m^3/667m^2
1	1.82	3.46	0.026	1.82	3.46	0.026			
2	4.38	5.75	0.153	2.19	2.88	0.077	—	—	
3	6.77	7.83	0.4	2.29	2.61	0.133	2.39	2.08	0.247
4	8.74	9.74	0.735	2.19	2.44	0.184	1.97	2.11	0.335
5	10.59	11.47	1.174	2.12	2.29	0.233	1.85	1.73	0.439
6	12.25	13.06	1.690	2.04	2.17	0.282	1.66	1.66	0.516
7	13.74	14.51	2.265	1.72	2.07	0.323	1.49	1.49	0.575
8	15.08	15.83	2.882	1.89	1.98	0.36	1.34	1.34	0.617
9	16.28	17.03	3.522	1.81	1.89	0.391	1.2	1.2	0.64
10	17.37	18.13	4.182	1.74	1.81	0.418	1.09	1.09	0.66
11	18.33	19.14	4.834	1.67	1.74	0.439	0.96	0.96	0.653
12	19.2	20.05	5.479	1.6	1.67	0.457	0.87	0.87	0.645
13	19.98	20.89	6.109	1.54	1.61	0.470	0.78	0.78	0.63
14	20.68	21.65	6.715	1.48	1.55	0.480	0.7	0.7	0.606
15	21.31	22.35	7.299	1.42	1.49	0.487	0.63	0.63	0.584

续表 4-3

林龄(年)	圩内、密度 5m×5m(27 株/667 m^2)								
	总生长量			年平均生长量			连年生长量		
	D	H	m^3/667m^2	D	H	m^3/667m^2	D	H	m^3/667m^2
1	2.34	4.1	0.0439	2.34	4.1	0.0439			
2	7.04	6.87	0.389	3.52	3.39	0.195	—	—	—
3	10.83	9.43	1.051	3.61	3.14	0.35	3.79	2.56	0.662
4	13.87	11.79	1.952	3.47	2.95	0.488	3.04	2.36	0.901
5	16.32	13.96	3007	3.26	2.79	0.601	2.45	2.17	1.055
6	18.28	15.97	4.106	3.05	2.66	0.684	1.96	2.01	1.099
7	19.87	17.83	5.289	2.84	2.55	0.756	1.59	1.86	1.183
8	21.14	19.54	6.411	2.64	2.44	0.801	1.27	1.71	1.122
9	22.17	21.12	7.485	2.46	2.35	0.832	1.03	1.58	1.074
10	22.99	22.57	8.481	2.3	2.26	0.848	0.82	1.45	0.996
11	23.65	23.91	9.401	2.15	2.17	0.855	0.66	1.34	0.920
12	24.19	25.16	10.252	2.02	2.1	0.854	0.54	1.25	0.851
13	24.62	26.3	11.016	1.89	2.02	0.847	0.43	1.14	0.764
14	24.96	27.36	11.703	1.78	1.95	0.835	0.34	1.06	0.687
15	25.24	28.33	12.325	1.68	1.89	0.822	0.28	0.87	0.622

注:D 表示胸径(cm),H 表示树高(cm),m^3/667 m^2 表示每 667 m^2 的蓄积量

(四)安徽省池州市贵池区乌沙立地条件概况及杨树人工林生长进程预测

该地属长江下游冲积洲岛,杨树人工林在洪水期水淹20～30天,水淹深 20～50 厘米,土壤属冲积亚潮土砂壤质,土层深厚、疏松,年平均降水量 1 380 毫米,年平均气温 16.3℃,无霜期 320 天,

林地经营强度较高，施肥、修枝、治病虫害较及时。该地区杨树人工林生长进程如表 4-4。

表 4-4　安徽省池州市乌沙林场 I-69/55 杨 3 种密度人工林生长进程

林龄（年）	5m×5m(27 株/667 m²)								
	总生长量			年平均生长量			连年生长量		
	D	H	m³/667m²	D	H	m³/667m²	D	H	m³/667m²
1	4.8	2.5	0.106	2.3	2.5	0.106			
2	9.2	4.7	0.486	4.6	2.4	0.243			
3	14.3	7.9	1.532	4.4	2.6	0.511	4.4	2.2	0.38
4	18.3	11.9	3.277	4.6	3	0.819	5.1	3.2	1.046
5	20.5	15.8	5.074	4.1	3.2	1.015	4	4	1.745
6	21.5	18.8	6.404	3.6	3.1	1.067	2.1	3.9	1.797
7	22	20.7	7.253	3.2	3	1.036	1	3	1.33
8	22.1	21.8	7.646	2.8	2.7	0.956	0.5	1.9	0.849
9	22.2	22.3	7.862	2.5	2.5	0.874	0.1	1.1	0.393
10	22.2	22.6	7.953	2.2	2.3	0.795	0.1	0.5	0.216
11	22.2	22.8	8.014	2.0	2.1	0.728	0	0.3	0.091
12	22.2	22.8	8.014	1.9	1.9	0.668	0	0.2	0.061
13	22.3	22.9	8.112	1.7	1.8	0.624	0	0	0
14	22.3	22.9	8.112	1.6	1.6	0.579	0.1	0.1	0.008
15	22.3	22.9	8.112	1.5	1.5	0.541	0	0	0

续表 4-4

林龄(年)	5m×6m(22 株/667 m^2)								
	总生长量			年平均生长量			连年生长量		
	D	H	m^3/667m^2	D	H	m^3/667m^2	D	H	m^3/667m^2
1	4.8	2.3	0.083	2.3	2.3	0.083			
2	9.9	4.4	0.435	5.0	2.2	0.218			
3	16.1	7.8	1.542	5.4	2.6	0.514	5.1	2.1	0.352
4	20.6	12	3.353	5.2	3	0.838	6.2	3.4	0.507
5	22.9	16.1	5.165	4.6	3.2	1.033	4.5	4.2	0.811
6	23.9	19.1	6.448	4.0	3.4	1.075	2.3	4.1	1.812
7	24.2	20.9	7.124	3.4	3.0	1.018	1.0	3.0	1.283
8	24.4	21.9	7.529	3.1	2.7	0.941	0.3	1.8	0.676
9	24.4	22.3	7.647	2.7	2.5	0.85	0.2	1.0	0.405
10	24.4	22.6	7.736	2.4	2.3	0.734	0	0.4	0.118
11	24.4	22.7	7.765	2.2	2.1	0.705	0	0.3	0.069
12	24.4	22.7	7.765	2.0	1.9	0.647	0	0.1	0.029
13	24.4	22.7	7.765	1.9	1.7	0.597	0	0	0
14	24.5	22.8	7.766	1.8	1.6	0.555	0	0	0
15	24.5	22.8	7.766	1.6	1.5	0.518	0.1	0.1	0.001

续表 4-4

林龄(年)	6m×6m(18.5 株/667 m²)								
	总生长量			年平均生长量			连年生长量		
	D	H	$m^3/667\ m^2$	D	H	$m^3/667\ m^2$	D	H	$m^3/667\ m^2$
1	2.4	2.4	0.074	2.4	2.4	0.074			
2	10.7	4.6	0.433	5.4	5.4	0.217			
3	17.6	8.0	1.558	5.9	2.7	0.519	5.8	2.2	0.359
4	21.9	12.1	3.183	5.5	3.0	0.796	6.9	3.4	1.125
5	24.0	15.9	4.696	4.8	3.2	0.939	4.3	4.1	1.625
6	24.8	18.6	5.685	4.1	3.1	0.948	2.1	3.8	1.513
7	25.1	20.2	6.233	3.6	2.9	0.89	0.8	2.7	0.989
8	25.2	21.0	6.491	3.2	2.6	0.811	0.3	1.6	0.548
9	25.2	21.5	6.622	2.8	2.4	0.736	0.1	0.8	0.258
10	25.2	21.6	6.649	2.5	2.2	0.665	0	0.5	0.131
11	25.2	21.7	6.675	2.3	2.0	0.607	0	0.1	0.027
12	25.2	21.8	6.701	2.1	1.8	0.558	0	0.1	0.026
13	25.3	21.8	6.751	1.9	1.7	0.519	0	0.1	0.026
14	25.3	21.8	6.751	1.8	1.6	0.482	0.1	0	0.05
15	25.3	21.8	6.751	1.7	1.5	0.45	0	0	0

注：D 表示胸径(cm)，H 表示树高(cm)，$m^3/667\ m^2$ 表示每 667 m^2 的蓄积量

(五)安徽省庐江县立地条件概况及杨树人工林生长进程预测

该杨树人工林地处巢湖冲积滩地，土壤为湖积红淤潮土。壤质，土层深厚，年平均降水量 937 毫米，年平均气温 16.1℃，无霜

期 321 天。该地区杨树人工林生长进程如表 4-5。

表 4-5　安徽省庐江县 I-72/58 杨人工林生长进程

林龄（年）	4m×4m(42 株/667 m²)								
	总生长量			年平均生长量			连年生长量		
	D	H	m³/667 m²	D	H	m³/667 m²	D	H	m³/667 m²
1	2.44	2.11	0.047	1.24	1.01				
2	5.71	6.21	0.392	2.86	3.11	0.196			
3	8.36	9.38	1.028	2.79	3.13	0.343	2.65	3.17	0.636
4	10.49	11.83	1.84	2.62	2.95	0.460	2.13	2.45	0.212
5	12.22	13.72	2.723	2.45	2.74	0.545	1.74	1.89	0.883
6	13.61	15.11	3.579	2.27	2.52	0.579	1.39	1.39	0.856
7	14.74	16.32	4.41	2.11	2.33	0.630	1.13	1.21	0.831
8	15.65	17.19	5.307	1.96	2.55	0.663	0.910	0.87	0.897
9	16.39	17.87	5.775	1.82	1.99	0.642	0.740	0.68	0.468
10	16.98	18.40	6.316	1.70	1.84	0.632	0.59	0.53	0.541
11	17.46	18.80	6.771	1.59	1.71	0.616	0.48	0.4	0.455
12	17.85	19.11	7.150	1.49	1.59	0.596	0.39	0.31	0.379
13	18.17	19.35	7.467	1.4	1.49	0.547	0.32	0.24	0.317
14	18.42	19.54	7.722	1.32	1.4	0.552	0.25	0.19	0.255
15	18.62	19.68	7.926	1.24	1.24	0.528	0.2	0.14	0.204

续表 4-5

林龄(年)	5m×5m(27 株/667 m²)								
	总生长量			年平均生长量			连年生长量		
	D	H	m³/667 m²	D	H	m³/667 m²	D	H	m³/667 m²
1	2.66	7.62	0.049	1.46	2.32	—			—
2	6.84	7	0.375	3.42	3.50	0.188			
3	10.1	9.68	0.946	3.37	3.23	0.315	3.26	2.68	0.571
4	12.64	11.81	1.651	3.16	2.95	0.413	2.54	2.13	0.705
5	14.63	13.50	2.395	2.93	2.70	0.479	1.99	1.69	0.744
6	16.19	14.84	3.113	2.70	2.47	0.519	1.56	1.34	0.718
7	17.40	15.91	3.763	2.49	2.27	0.538	1.21	1.07	0.650
8	18.35	16.75	4.332	2.29	2.09	0.541	0.95	0.84	0.569
9	19.09	17.43	4.818	2.12	1.94	0.535	0.74	0.68	0.486
10	19.66	17.96	5.217	1.97	1.80	0.522	0.57	0.53	0.399
11	20.11	18.38	5.548	1.83	1.67	0.504	0.45	0.42	0.331
12	20.47	18.72	5.823	1.71	1.56	0.485	0.36	0.34	0.275
13	20.74	18.99	6.039	1.6	1.46	0.464	0.27	0.27	0.216
14	20.96	19.2	6.217	1.50	1.37	0.444	0.22	0.21	0.178
15	21.12	19.37	6.350	1.41	1.29	0.423	0.16	0.17	0.133

注：D 表示胸径(cm)，H 表示树高(cm)，$m^3/667\ m^2$ 表示每 667 m^2 的蓄积量

(六)安徽省怀宁县模范洲立地条件概况及杨树人工林生长进程预测

该地属皖河冲积洲，杨树人工林地处冲积河滩地，土壤属冲积亚潮土，砂壤质，较肥沃，洲滩海拔 16.3 米，洪水期有水淹，一般水

淹 30～40 天，深 3 米左右，年平均降水量 1 220 毫米，年平均气温 15.6℃，无霜期 320 天。人工林经营强度较高，施肥、修枝及治虫等措施比较好。该地区杨树人工林生长进程如表 4-6。

表 4-6　怀宁县模范洲林场 I-69/55 杨人工林生长进程(实测值)

林龄(年)	4m×3m (55.5 株/667 m²)			4m×4m (42 株/667 m²)			4m×5m (33 株/667 m²)		
	D	H	m³/667 m²	D	H	m³/667 m²	D	H	m³/667 m²
苗木	2.50	3.50	—	2.51	3.52	—	2.53	3.5	—
1	3.88	5.12	0.236	4.09	4.98	0.192	4.44	4.94	0.171
2	6.96	7.88	0.866	7.18	7.67	0.678	7.95	7.6	0.632
3	9.78	10.15	1.904	10.09	9.87	1.49	11.18	9.78	1.398
4	12.45	12.13	3.372	12.84	11.8	2.64	14.23	11.7	2.485
5	13.94	13.94	5.301	15.49	13.56	4.151	17.17	13.44	3.915
林龄(年)	4m×6m (28 株/667 m²)			5m×6m (22 株/667 m²)			6m×6m (18.5 株/667 m²)		
	D	H	m³/667 m²	D	H	m³/667 m²	D	H	m³/667 m²
苗木	2.50	3.53	—	2.50	3.54	—	2.49	3.53	—
1	4.71	4.89	0.16	4.79	4.85	0.128	4.83	4.77	0.108
2	8.43	7.53	0.39	8.58	7.46	0.475	8.64	7.35	0.4
3	11.96	9.68	1.309	12.06	9.6	1.054	12.16	9.46	0.889
4	15.1	11.58	2.332	15.36	11.49	1.879	15.48	11.31	1.584
5	18.2	13.31	3.672	18.52	13.2	2.961	18.67	13	2.497

注：D 表示胸径(cm)，H 表示树高(cm)，m³/667 m² 表示每 667 m² 的蓄积量

(七)安徽省怀宁县七里亭立地条件概况及杨树人工林生长进程预测

该地是长江北岸冲积沙滩,通体白沙,平坦,肥力差,年平均降水量 1 220 毫米,年平均气温 15.6℃,无霜期 320 天。该地区杨树人工林生长进程如表 4-7。

表 4-7 怀宁县七里亭 I-69/55 杨人工林生长进程

林龄(年)	总生长量			年平均生长量			连年生长量		
	D	H	m^3/667 m^2	D	H	m^3/667 m^2	D	H	m^3/667 m^2
1	1.77	1.88	0.026	—	—	—			
2	3.36	3.52	0.11	1.68	1.76	0.055	—	—	—
3	4.75	4.83	0.275	1.58	1.61	0.092	1.39	1.31	0.165
4	5.96	5.87	0.405	1.49	1.47	0.101	1.21	1.04	0.13
5	7.02	6.71	0.591	1.40	1.34	0.116	1.06	0.84	0.186
6	7.95	7.37	0.787	1.33	1.23	0.151	0.93	0.66	0.196
7	8.76	7.91	0.983	1.25	1.13	0.14	0.81	0.54	0.196
8	9.46	8.34	1.171	1.18	1.04	0.146	0.7	0.43	0.188
9	10.08	8.68	1.351	1.12	0.96	0.150	0.62	0.34	0.18
10	10.62	8.93	1.517	1.06	0.90	0.152	0.54	0.27	0.166

注:D 表示胸径(cm),H 表示树高(cm),m^3/667 m^2 表示每 667 m^2 的蓄积量

注:栽植密度 4m×4m

(八)陕西省安康县立地条件概况及杨树人工林生长进程预测

该地位于陕南汉水流域,是长江中游的一条重要支流,杨树人工林地处汉水冲积滩地,土壤为河积冲积亚潮土,砂壤质,土层深

厚，年平均降水量772毫米，年平均气温15.8℃，无霜期317天。该地区杨树人工林生长进程如表4-8。

表4-8　陕西省安康县南抗杨人工林生长进程表

林龄（年）	4m×4m								
	总生长量			年平均生长量			连年生长量		
	D	H	$m^3/667 m^2$	D	H	$m^3/667 m^2$	D	H	$m^3/667 m^2$
1	2.93	3.16	0.082	—	—	—			
2	7.18	5.31	0.524	2.59	2.66	0.262	—	—	—
3	10.61	7.27	1.303	3.54	2.42	0.434	3.43	1.96	0.779
4	13.37	9.05	2.323	3.34	2.26	0.581	2.76	1.78	1.020
5	15.59	10.67	3.484	3.12	2.15	0.697	2.22	1.62	1.161
6	17.39	12.16	4.710	2.90	2.02	0.785	1.80	1.47	1.226
7	18.84	13.48	5.934	2.69	1.93	0.848	1.45	1.34	1.224
8	20.01	14.70	7.115	2.50	1.84	0.889	1.17	1.22	1.181
9	20.93	15.82	8.228	2.33	1.76	0.914	0.92	1.12	1.113
10	21.71	16.83	9.252	2.17	1.68	0.925	0.78	1.01	1.204
11	22.32	17.75	10.175	2.03	1.61	0.965	0.59	0.92	1.123
12	22.82	18.59	11.033	1.60	1.55	0.919	0.50	0.86	0.866
13	23.21	19.35	11.780	1.78	1.48	0.906	0.39	0.76	0.717
14	23.54	20.04	12.459	1.68	1.43	0.890	0.33	0.69	0.679
15	23.79	20.68	13.052	1.59	1.38	0.870	0.25	0.64	0.593

续表 4-8

林龄（年）	5m×5m								
	总生长量			年平均生长量			连年生长量		
	D	H	m³/667 m²	D	H	m³/667 m²	D	H	m³/667 m²
1	3.05	3.37	0.073	—	—	—			
2	7.60	5.17	0.366	3.80	2.59	0.183	—	—	—
3	11.26	7.82	0.982	3.75	2.61	0.327	3.66	2.65	0.616
4	14.19	9.83	1.771	3.55	2.46	0.443	2.93	2.01	0.789
5	16.55	11.70	2.684	3.31	2.34	0.537	2.36	1.87	0.913
6	18.44	13.46	3.661	3.07	2.24	0.610	1.89	1.76	0.977
7	19.96	15.09	4.650	2.71	2.16	0.664	1.52	1.63	0.989
8	21.19	16.62	5.621	2.65	2.08	0.703	1.23	1.53	0.976
9	22.17	18.04	6.553	2.55	2.00	0.728	0.98	1.42	0.927
10	22.96	19.37	7.427	2.30	1.94	0.743	0.79	1.33	0.874
11	23.59	20.62	8.238	2.14	1.87	0.749	0.63	1.25	0.811
12	24.10	21.78	8.986	2.00	1.81	0.749	0.51	1.16	0.748
13	24.51	22.86	9.669	1.89	1.76	0.744	0.41	1.08	0.683
14	24.83	23.87	10.285	1.77	1.71	0.735	0.32	1.01	0.616
15	25.10	24.82	10.859	1.67	1.65	0.670	0.27	0.95	0.574

注：D 表示胸径(cm)，H 表示树高(cm)，$m^3/667\ m^2$ 表示每 667 m^2 的蓄积量

(九)江苏省睢宁县立地条件概况及杨树人工林生长进程预测

该地属淮河下游平原，砂壤土，土层深厚，年平均降水量 944 毫米，年平均气温 14℃，无霜期 309 天。该地区杨树人工林生长

进程如表 4-9。

表 4-9 江苏省睢宁县 3 种南方型杨树丰产林生长进程

林龄（年）	I-72/58 杨			I-69/55 杨			I-63/51 杨		
	D	H	$m^3/667\ m^2$	D	H	$m^3/667\ m^2$	D	H	$m^3/667\ m^2$
1	2.5	1.31	0.015	3.29	1.22	0.039	2.07	1.25	0.018
2	7.32	4.98	0.334	8.28	4.55	0.393	6.26	4.56	0.24
3	12.39	9.59	1.357	13.09	8.73	1.399	10.82	8.7	0.988
4	16.93	14.18	3.258	17.20	12.9	3.111	14.99	12.87	2.41
5	20.69	18.25	5.82	20.54	16.62	5.308	18.52	16.64	4.382
6	23.68	21.66	8.65	23.18	19.76	7.689	21.36	19.85	6.624
7	25.99	24.39	11.42	25.25	22.30	10.01	23.63	22.5	8.905
8	27.75	26.53	13.91	26.78	24.31	12.048	25.37	24.62	11.002
9	29.07	28.18	16.01	27.96	25.88	13.803	26.7	26.30	12.832
10	30.06	29.44	17.73	28.85	27.08	15.24	27.71	27.62	14.369

注：D 表示胸径（cm），H 表示树高（cm），$m^3/667\ m^2$ 表示每 667 m^2 的蓄积量

注：栽植密度 5m×5m

（十）安徽省泾县立地条件概况及杨树人工林生长进程预测

该杨树人工林地处泾河冲积滩地，土壤为冲积壤质砂壤土。土层厚，较疏松，年平均降水量 1260 毫米，年平均气温 16℃，无霜期 319 天。该地区杨树人工林生长进程如表 4-10。

表 4-10 安徽省泾县 I-69/55 杨 4 种密度人工林生长过程

林 龄（年）	3m×3m									4m×4m								
	总生长量			平均生长量			连年生长量			总生长量			平均生长量			连年生长量		
	D	H	$m^3/667\ m^2$	D	H	$m^3/667\ m^2$	D	H	$m^3/667\ m^2$	D	H	$m^3/667\ m^2$	D	H	$m^3/667\ m^2$	D	H	$m^3/667\ m^2$
苗 期	2.4	3.7	0.116							2.6	3.3	0.063						
1	4.1	7.0	0.435	1.7	3.3	0.319				4.9	7.1	0.334	2.3	3.8	0.271			
2	5.7	11.3	0.538	2.9	5.6	0.262	1.6	4.3	0.103	9.9	10.8	1.545	5.0	5.4	0.752	5.0	3.7	1.171
3	9.6	12.9	2.969	3.2	4.3	0.990	3.9	1.6	2.431	14.0	15.2	3.786	4.7	5.1	1.262	4.1	4.4	1.211
4	12.3	16.9	5.776	3.1	4.2	1.441	2.7	4.0	2.797	16.1	17.2	5.413	4.0	4.3	1.353	2.1	2.0	1.627
5	13.2	20.0	7.554	2.6	4.0	1.511	0.9	3.9	1.788	17.5	20.5	7.318	3.3	4.1	1.464	1.4	3.3	1.905
6	14.4	20.2	8.916	2.4	3.4	1.468	1.2	0.2	1.362	18.3	22.5	8.610	3.1	3.7	1.435	0.8	2.0	1.292
7	14.9	20.4	9.756	2.1	2.9	1.376	0.5	0.2	0.651	18.7	23.9	9.442	2.7	3.1	1.300	0.4	1.4	0.832
8	15.2	20.5	9.962	1.9	2.6	1.245	0.3	0.1	0.395	19.7	24.4	10.587	2.2	3.1	1.323	1.0	0.5	1.145
9	15.6	20.6	10.489	1.7	2.3	1.121	0.4	0.1	0.527	20.3	25.2	11.514	2.2	2.8	1.279	0.6	0.8	0.927
10	16.1	20.8	11.204	1.6	2.1	1.120	0.5	0.2	0.715	20.7	25.3	11.980	2.1	2.5	1.198	0.4	0.1	0.466

续表 4-10

林龄（年）	5m×5m									6m×6m								
	总生长量			平均生长量			连年生长量			总生长量			平均生长量			连年生长量		
	D	H	$m^3/667\ m^2$	D	H	$m^3/667\ m^2$	D	H	$m^3/667\ m^2$	D	H	$m^3/667\ m^2$	D	H	$m^3/667\ m^2$	D	H	$m^3/667\ m^2$
苗期	2.9	3.3	0.053							2.9	3.3							
1	5.4	7.2	0.255	2.5	3.9	0.202				5.5	7.3	0.036	2.6	4.0	0.146			
2	8.9	12.3	1.101	5.0	6.2	0.551	3.5	5.1	0.846	11.1	12.4	0.182	5.6	6.1	0.465	5.6	5.1	0.748
3	12.5	16.6	2.133	4.2	5.5	0.711	3.6	4.3	1.032	13.4	16.7	0.930	4.5	5.6	0.555	2.3	4.3	0.735
4	16.2	19.1	3.844	4.1	4.8	0.961	3.7	2.5	1.711	17.1	19.3	1.665	4.3	4.0	0.733	3.7	2.6	1.249
5	19.2	21.4	5.792	3.8	4.3	1.158	3.0	2.3	1.949	20.5	21.5	2.934	4.1	4.3	0.900	3.4	2.2	1.566
6	20.5	22.9	6.935	3.4	3.8	1.156	1.3	1.5	1.143	22.6	22.9	4.500	3.8	3.8	0.950	2.1	1.4	1.199
7	21.3	24.8	7.981	3.0	3.5	1.140	0.8	1.9	1.046	23.4	24.8	5.699	3.4	3.5	0.931	0.8	1.9	0.819
8	22.1	25.1	8.639	2.5	3.1	1.080	0.8	0.3	0.658	24.6	25.0	6.518	3.1	3.1	0.901	1.2	0.2	0.691
9	22.6	25.6	9.165	2.5	2.8	1.018	0.5	0.5	0.526	25.6	26.0	7.209	2.9	2.9	0.893	1.0	1.0	0.832
10	23.0	26.0	9.600	2.3	2.6	0.960	0.4	0.4	0.435	26.3	26.9	8.041	2.6	2.7	0.872	0.7	0.9	0.675

注：D表示胸径（cm），H表示树高（cm），$m^3/667\ m^2$ 表示每 667 m^2 的蓄积量

三、杨树人工林生长规律分析

(一)生长水平简析

从表4-1至表4-10中专门列出共计10个地区的杨树人工林生长进程，可以清晰完整地看出I-69/55、I-72/58、I-63/51杨、中潜杨、中天杨、南抗杨各个年龄的生长水平，目的就是用各地的实际数据来说明长江中下游平原地区可能达到的杨树丰产林生长水平，这对在当前市场经济社会中，以商业经营为目的的杨树人工林栽培在计划预测和评估生长指标上会有参考价值。

根据实际生长过程的资料统计，普遍性的生长水平大致如下。

林龄5年，胸径可达16～20厘米，年平均生长量3.2～4.0厘米；树高可达13～17米，年平均生长量2.6～3.4米；蓄积量可达3.5～5.3立方米/667平方米，年平均生长量0.7～1.06立方米/667平方米。

林龄10年，胸径可达22～31厘米，年平均生长量2.2～3.1厘米；树高可达20～28米，年平均生长量2～2.8米；蓄积量可达8～15立方米/667平方米，年平均生长量0.8～1.5立方米/667平方米。

林龄15年，胸径可达25～31厘米，年平均生长量1.7～2.0厘米；树高可达23～30米，年平均生长量1.5～2.0米；蓄积量可达12～25立方米/667平方米，年平均生长量0.8～1.7立方米/667平方米。

生长在沿江圩垸以外的人工林，生长量都低于一般水平，5年生胸径只有11厘米，树高11米，蓄积量1.2立方米/667平方米；10年生胸径只有17厘米，树高18米，蓄积量4.1立方米/667平方米；15年生胸径只有21厘米，树高22米，蓄积量7.3立方米/667平方米，只能培育中小径材种。

对于漏水漏肥通体白沙的滩地，10 年胸径只有 10 厘米，树高只有 9 米，蓄积量只有 1.5 立方米/667 平方米，只能作为水土保持林存在。

图 4-1 至图 4-6 是根据上述十个生长进程表中的一些数据绘制而成的。

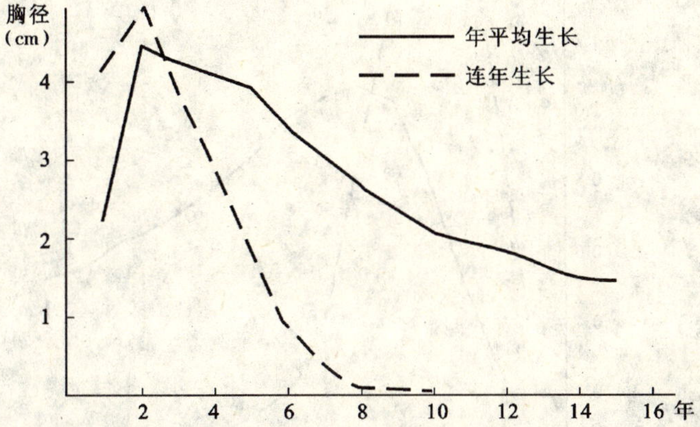

图 4-1　I-69/55 杨 5 米×5 米人工林胸径年平均生长、连年生长曲线

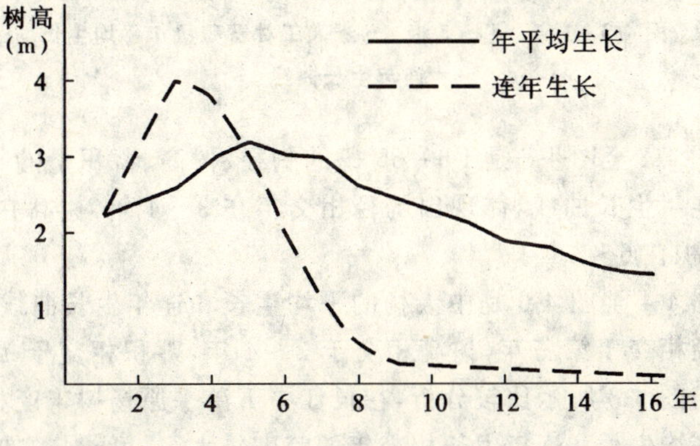

图 4-2　I-69/55 杨 5 米×5 米人工林树高年平均生长、连年生长曲线

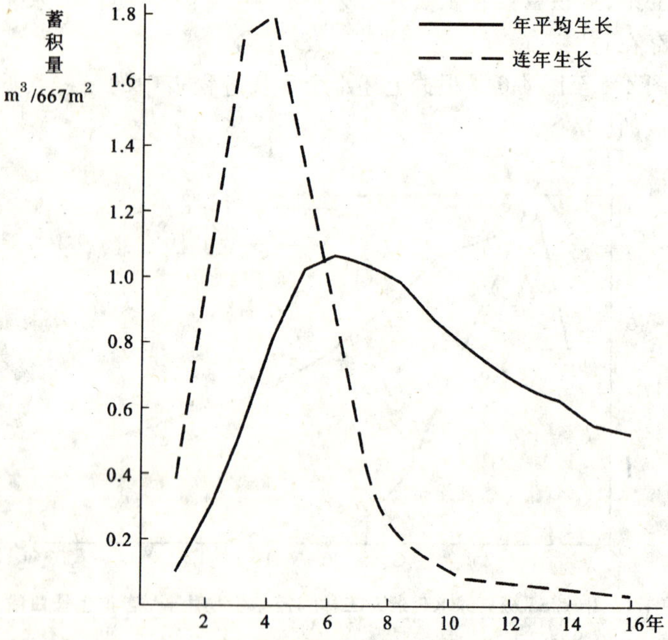

图 4-3　I-69/55 杨 5 米×5 米人工林蓄积量年平均生长、连年生长曲线

图 4-1 至图 4-3 是 I-69/55 杨的胸径、树高、蓄积量的平均生长和连年生长曲线，体现出胸径相交年在 3～4 年，树高在 5～6 年，蓄积在 6～7 年。

图 4-4 至图 4-6 是中天杨的平均生长和连年生长曲线，体现出胸径相交于第三年，树高相交于 3～4 年，蓄积相交于 10～11 年。与图 4-3 所示比较分析，在长江中下游平原杨树丰产林蓄积量的平均生长和连年生长相交年的跨度较大，这可能与丰产林所在的立地条件有关。

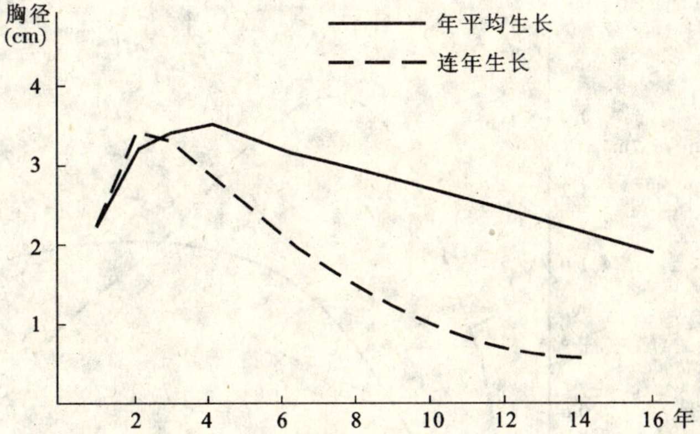

图 4-4　中天杨 5 米×5 米人工林胸径年平均生长、连年生长曲线

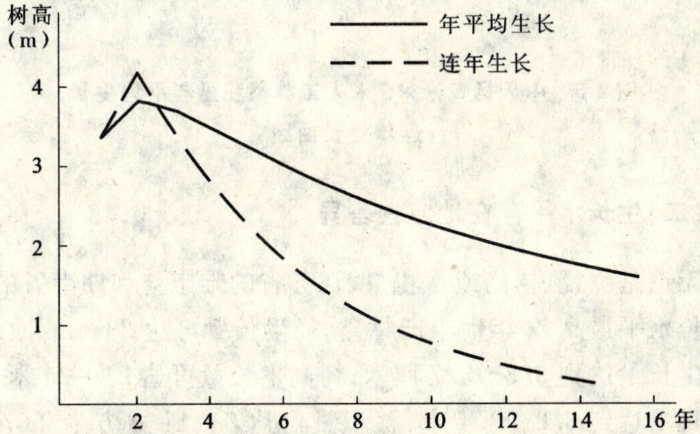

图 4-5　中天杨 5 米×5 米人工林树高年平均生长、连年生长曲线

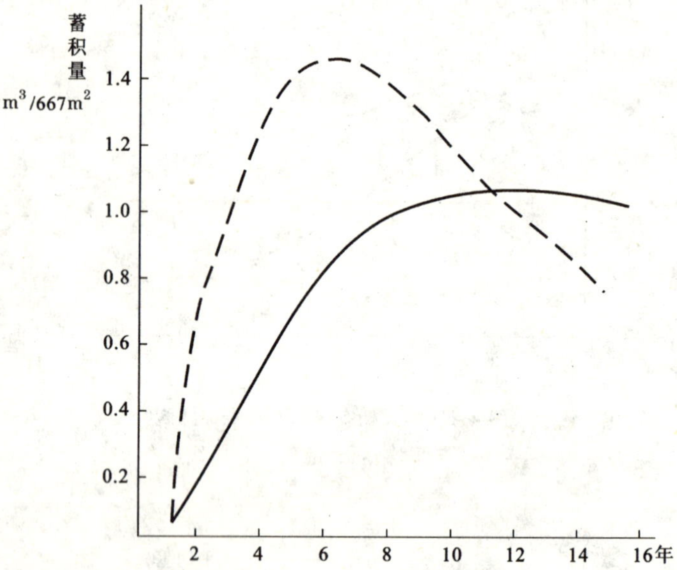

图 4-6　中天杨 5 米×5 米人工林蓄积量年平均生长、连年生长曲线

(二)生长水平存在地域性差异

无论是胸径、树高或蓄积量，江苏省的睢宁县和湖南省的汉寿县生长水平最高，7 年生丰产林，胸径生长量可达 23～26 厘米，年平均生长量达到 3.3～3.7 厘米；树高生长量可达 21～24 米，年平均生长量达到 3.0～3.4 米；蓄积量可达 8～11 立方米/667 平方米，年平均生长量达到 1.1～1.6 立方米/667 平方米。这一丰产水平可能是长江中下游平原地区最高的。其次是湖北省的潜江市和天门市以及安徽省泾县的泾河滩地。安徽省一些洲滩，例如贵池区乌沙林场，由于洪水水淹等原因，受到一些不可弥补的立地因素限制，杨树的速生特性不能得到很好的发挥。生长水平不够理想，而且在第四年以后有快速下降的趋势。

(三)杨树新品种生长表现有待今后补充

当前，仍然比较普遍的采用 I-69/55 杨、中潜杨、中天杨、中嘉杨、南抗杨等。在分析生长水平时，这类品种的资料比较齐全。近几年出现的丹红杨、巨霸杨、南新杨等造林面积较少，南林 95 杨、895 杨近几年开始有一定规模的造林，但多数林龄较小，因此，上述这类新品种的生长表现还有待今后补充。

第五章　长江中下游平原杨树人工林栽植密度及主伐年龄

一、研究栽植密度的意义

在单位面积上的栽植点的数量称之为栽植密度，又称之为初植密度，由于杨树不宜进行间伐作业，故初植密度即为定植密度。栽植密度对林木生长有很大影响，归纳起来，主要有以下几点。

（一）林木树冠生长状况因栽植密度而异

密度大的林分，树冠生长受到抑制的时间较早，往往因树冠密度过大导致生长难以展开。密度较小的林分，林木的树冠则能充分生长展开。但密度过小，树冠生长得到充分展开后，林内仍有较大空间，反而浪费了林地的可使用面积。一般规律是密度越大，平均树冠越小；密度越小，平均树冠越大。杨树属喜强光性树种，密度与树冠的相关关系显得更为明显。笔者测定：在立地条件相同的一块林地上，I-69/55 杨 5 年生人工林，3 米×3 米密度的林木树冠的平均冠幅为 2.6 米×2.6 米至 2.8 米×2.8 米，树冠近于郁闭；5 米×5 米密度的林木树冠平均冠幅为 4.4 米×4.4 米至 4.6 米×4.6 米，林内还留有一定空间，便于树冠中的树叶接受更充分的阳光进行光合作用；8 米×8 米密度的平均树冠冠幅为 4.5 米×4.5 米至 4.8 米×4.8 米，林内还有较大空间未能得到利用。

（二）胸径生长随密度的不同而有明显差异

林木的平均胸径随密度的增长而递减。在相同的立地条件下，相同林龄的林分，密度越大，胸径生长越小，立木分布的径级范围越宽；相反，则胸径生长越大，立木分布径级范围越窄。杨树林分在初植 1～2 年间这种差异不太明显，3 年以后，尤其在生长旺盛期，则表现出明显差异。表 5-1 是I-69/55杨在相同立地条件下，5 年生不同密度的立木分布范围及平均胸径值。

表 5-1　3 种密度 I-69/55 杨人工林立木株数按径级分布及平均生长量

径级 / 株数 / 密度(m)	6	8	10	12	14	16	18	20	22	24	26	计	平均胸径(cm)	平均树高(m)	单株材积(m^3)
3×3	5	10	16	32	21	12	4					100	12.12	16.12	0.0729
5×5						9	20	38	22	11		100	20.11	16.80	0.1906
8×8								16	30	33	21	100	23.19	17.30	0.2550

(三)密度对树高生长影响较小

在林分生长发育的不同阶段，密度对树高的影响有所不同，初植 1～2 年尚未郁闭期间，密度对树高生长几乎没有影响。栽植密度大的林分，林木郁闭早，对树高生长的影响较早。在适宜的密度情况下，杨树林一般在 3 年后开始郁闭。在相同立地条件和经营强度条件下，栽植密度大的林分树高生长优于密度小的稀疏林分，其间的树高生长，大约相差 10％左右，但随着林龄的增长，各类密度的林分相继达到郁闭，形成了森林环境，这时各类密度林分的平均树高不会有显著差异。笔者研究，在同一立地条件下，从24～75平方米/株，共 11 种栽植密度的树高生长 5 年生为 14～16 米，10 年生为 27～28 米，其间变化幅度很小。

(四)栽植密度对林木单株材积的影响明显

密度与单株材积相互影响的相关关系，和密度对胸径生长的影响规律相一致。即林分单株材积生长量随密度的递减而递增，其增速随林龄的增长而愈加明显。表 5-1 中所示 3 种密度的平均单株材积的差异很大，直接影响到单位面积的材积量，因为单位面积上的株数和单株材积这两个因素，直接影响林分单位面积的蓄积量。因此，确定适宜栽植密度对于能否取得理想的蓄积量有非常重要的意义。

（五）栽植密度对林分生物量的影响

杨树在 1～3 年的幼林期间，树干、枝条、叶、根的干物质产量是随密度的增加而增加；但到达一定年龄后，林分生物量则保持在一定水平上，林分密度过大，其生物产量反而下降。

（六）栽植密度对材质的影响

当林分密度较大时，林木个体之间相互遮荫，侧枝受光条件差，枝条发育细小，自然整枝强度较大，树干上的结疤相对小而少。在密度较小时，林内树木受光条件好，侧枝相对较为发达粗壮，自然整枝强度较差，树干上的结疤相对大而多，影响材质。在密度大的林分中，林木尖梢度较小，树干比较完满，反之则林木尖梢度大，树干完满度较差。在密度过大的林分中遭受蛀干害虫为害的虫株率要大于密度小的林分。

二、湖南省汉寿县 I-69/55 杨人工林 11 种栽植密度生长规律

该人工林定位试验地位于洞庭湖西南部沅江下游南岸围湖区，土壤属沅江淤积的壤质灰湖潮土，土壤肥力较高，地下水位2～2.5 米，土壤深厚疏松，地形平坦，平均海拔 32 米。

笔者于 1981 年开始，营造 11 种密度的人工林，即 4 米×6 米、4 米×7 米、5 米×6 米、6 米×6 米、5 米×8 米、6 米×8 米、7 米×7 米、5 米×10 米、7 米×8 米、8 米×8 米、5 米×15 米。通过

15 年的定位实测，研究其间的生长规律。

(一)胸径生长规律

用各年实际生长的胸径数值，通过单分子模型拟合胸径生长，方程参数见表 5-2，计算出的各种密度的胸径生长过程见表 5-3。

单分子模型方程：$W=W_f-(W_f-W_o)e^{-qt}$

式中：W 为胸径生长变量；t 为时间变量(年龄)；e 为自然对数；W_f、W_o、q 为模型参数。

从单分子模型方程计算出来的胸径生长过程来看，随着林木的生长进程，密度越大可利用的环境空间越小，光线、水分及营养的吸收越受到限制。胸径生长随着密度的增长而呈递减趋势。但在相邻密度间，胸径生长量有相近似或比较一致的规律。根据表 5-3 生长过程数值及其生长规律，经过反复探讨，可将 11 种密度合并划分成 5 个密度组。即：(4 米×6 米、4 米×7 米)，(5 米×6 米、6 米×6 米)，(5 米×8 米、6 米×8 米、7 米×7 米)，(5 米×10 米、7 米×8 米、8 米×8 米)，(5 米×15 米)。其单分子模型方程参数如表 5-4 所示。计算出合并后的胸径生长过程见表 5-7。

(二)树高生长规律

用各年实际生长的树高数值，用 Logistic 模型拟合树高生长，方程参数见表 5-5，计算出的各种密度树高生长过程见表 5-6。

Logistic 模型方程：$W=\dfrac{W_oW_f}{W_o+(W_f-W_o)e^{-ut}}$

式中：W 为树高生长变量；t 为时间变量(年龄)；W_f、W_o、u、为模型参数；e 为自然对数。

从表 5-6 所示的各密度树高生长过程来看，不同的密度对树高生长影响不大。可以用同一个模型表示树高生长。其 Logistic 模式的参数值为：W_o：4.909，W_f：31.742，u：0.370，R：0.990 其平均树高回归值列于表 5-7 中的平均树高一栏。

表 5-2 不同密度胸径生长方程参数

模 型	参 数	密 度(m×m)										
		4×6	4×7	5×6	6×6	5×8	6×8	7×7	5×10	7×8	8×8	5×15
单分子	W_o	5.248	5.808	4.668	5.618	4.777	5.132	4.691	3.619	4.497	4.264	2.639
	W_f	48.906	47.997	58.137	57.166	61.627	61.786	62.432	66.700	66.428	65.724	70.655
	q	0.076	0.083	0.069	0.074	0.074	0.072	0.069	0.069	0.070	0.074	0.071
	R	0.995	0.992	0.994	0.993	0.994	0.996	0.995	0.996	0.994	0.995	0.996

注:R 为相关系数

表 5-3 各种密度人工林胸径生长过程 （单位:cm）

林龄	密度(m×m)									
(年)	4×6	4×7	5×6	6×6	5×8	6×8	7×7	5×10	7×8	8×8	5×15
2	11.40	12.26	11.56	12.71	12.60	12.73	12.13	11.75	12.59	12.72	12.64
3	14.15	15.11	14.67	15.88	16.09	16.14	15.49	15.41	16.23	16.50	16.10
4	16.69	17.22	17.56	18.82	19.34	19.31	18.62	18.83	19.62	20.01	19.45
5	19.05	20.14	20.27	21.56	22.36	22.26	21.54	22.02	22.79	23.27	22.96
6	21.23	22.36	22.79	24.10	25.16	25.00	24.26	25.00	25.74	26.30	26.23
7	23.26	24.40	25.15	26.46	27.76	27.56	26.81	27.78	28.49	29.11	29.28
8	25.14	26.28	27.35	28.65	30.18	29.94	29.18	30.38	31.05	31.72	32.11
9	26.88	28.01	29.40	30.68	32.42	32.15	31.40	32.80	33.44	34.15	34.75
10	28.49	29.60	31.32	32.57	34.50	34.21	33.47	35.60	35.67	36.40	37.22
11	29.98	31.07	33.11	34.33	36.44	36.12	35.40	37.17	37.75	38.49	39.51
12	31.37	32.41	34.78	35.96	38.23	37.91	37.20	39.14	39.69	40.43	41.64
13	32.65	33.66	36.33	37.47	39.90	39.57	38.89	40.98	41.50	42.24	43.63
14	33.84	34.80	37.79	38.88	41.45	41.11	40.46	42.69	43.18	43.91	45.48
15	34.94	35.85	39.14	40.18	42.89	42.55	41.92	44.29	44.76	45.47	47.21

表 5-4　不同密度组的胸径生长方程参数

模　型	参　数	密　度(m×m)				
		4×6 4×7	5×7 6×6	5×8 6×8 7×7	5×10 7×8 8×8	5×15
单分子	W_o	5.551	5.144	4.872	4.134	2.639
	W_f	48.467	57.621	61.944	66.284	70.655
	q	0.079	0.072	0.072	0.071	0.072
	R	0.990	0.988	0.989	0.990	0.996

注:R 为相关系数

(三)5 个密度组生长规律分析

从表 5-7 可看出胸径生长量Ⅰ组最小,顺次增大,Ⅴ组最大;每 667 平方米蓄积量Ⅰ组最大,顺次减小,Ⅴ组最少。但综合分析,以Ⅲ、Ⅳ组较为理想。10 年时胸径已达 34 厘米以上,蓄积量最高可达 13 立方米/667 平方米以上,可以在林龄 10 年前后培育成大径材。Ⅴ组虽胸径生长较突出,但每 667 平方米蓄积量太少,不能达到丰产的目的。

从胸径的连年生长和年平均生长规律分析,胸径生长旺盛期,Ⅰ组为 2～5 年,Ⅱ组、Ⅲ组和Ⅳ组全为 2～6 年。此后则随林龄的增大而逐年递减,而以Ⅰ组递减最快,11 年时连年生长量只有 1.3 厘米,15 年时连年生长量只有 1 厘米,Ⅱ～Ⅴ组连年生长量递减较慢,10 年连年生长量为 2～2.5 厘米,15 年时为 1.5～1.7 厘米,说明栽植密度对胸径生长有明显影响。

树高生长旺盛期在 2～6 年,年平均生长量可达 3.5 米以上,连年生长量在 2.6 米以上。但树高生长衰退明显,至 15 年时年平均生长量虽然处于 2.1 米的水平,但连年生长量从第十年的 1.0 米,下降到第十五年的 0.3 米。

表 5-5 不同密度树高生长方程参数

模 型	参 数	密 度(m×m)										
		4×6	4×7	5×6	6×6	5×8	6×8	7×7	5×10	7×8	8×8	5×15
Logistic	W_o	5.320	5.733	4.611	5.423	4.986	5.094	4.414	4.607	5.032	4.552	4.272
	W_f	31.408	30.499	31.919	31.912	31.787	31.737	31.745	31.863	31.821	31.891	31.812
	u	0.338	0.327	0.383	0.328	0.361	0.370	0.427	0.372	0.383	0.392	0.397
	R	0.995	0.994	0.995	0.995	0.997	0.995	0.996	0.998	0.993	0.995	0.994

注:R 为相关系数

表 5-6 I-69/55 杨各种密度人工林树高生长过程 （单位:cm）

林龄（年）	密度(m×m) 4×6	4×7	5×6	6×6	5×8	6×8	7×7	5×10	7×8	8×8	5×15
2	8.99	9.44	8.50	9.03	8.80	9.08	8.73	9.36	9.16	8.51	8.13
3	11.30	11.73	11.09	11.29	11.27	11.65	11.67	10.84	11.84	11.17	10.75
4	13.84	14.22	14.00	13.78	14.01	14.49	14.96	13.64	14.80	14.15	13.73
5	16.48	16.79	17.05	16.39	16.87	17.41	17.33	16.59	17.83	17.26	16.87
6	19.09	19.30	20.01	18.97	19.67	20.24	20.48	19.49	20.73	20.27	19.94
7	21.51	21.64	22.71	21.39	22.24	22.79	24.20	22.16	23.32	22.98	22.72
8	23.65	23.71	25.00	23.56	24.46	24.97	26.38	24.48	25.48	25.27	25.07
9	25.45	25.47	26.85	25.42	26.30	26.73	28.03	26.38	27.21	27.08	26.94
10	26.91	26.90	28.28	26.96	27.75	28.10	29.22	27.87	28.52	28.47	28.36
11	28.07	28.04	29.35	28.18	28.86	29.13	30.05	28.99	29.50	29.49	29.41
12	28.95	29.93	30.12	29.13	29.69	29.89	30.62	29.83	30.20	30.22	30.15
13	29.61	29.60	30.67	29.86	30.30	30.44	31.00	30.43	30.70	30.73	30.68
14	30.11	30.11	31.06	30.41	30.73	30.83	31.25	30.86	31.04	31.09	31.04
15	30.47	30.48	31.33	30.01	31.04	30.10	31.42	31.17	31.29	31.33	31.29

表 5-7　I-69/55 杨人工林各密度组生长过程

密度组	Ⅰ		Ⅱ		Ⅲ		Ⅳ		Ⅴ		平均树高（m）
密度（m）	4×6、4×7		5×7、6×6		5×6、6×8、7×7		5×10、7×6、8×8		5×15		
每 667m² 株数	23～28		18.5～19		14～17		10.4～13.3		9		
林龄（年） 项目	D	m³/667m²	D	m³/667m²	D	m³/667m²	D	m³/667m²	D	m³/667m²	
2	11.8	0.99～1.21	12.2	0.85～0.87	12.5	0.67～0.81	12.4	0.49～0.63	12.6	0.44	8.8
3	14.6	1.77～2.15	15.3	1.55～1.59	16.0	1.27～1.55	16.1	0.96～1.22	16.1	0.83	11.3
4	17.2	2.84～3.46	18.3	2.57～2.64	19.1	2.10～2.55	19.5	1.62～2.08	19.5	1.41	14.1
5	19.6	4.24～5.16	21.0	3.88～4.00	22.1	3.23～3.92	22.7	2.52～3.23	23.0	2.24	17.1
6	21.8	5.87～7.15	23.6	5.48～5.63	24.9	4.59～5.57	25.7	3.62～4.63	26.2	3.25	19.9
7	23.8	7.69～9.36	25.9	7.25～7.44	27.5	6.14～7.46	28.5	4.88～6.25	29.3	4.45	22.5
8	25.7	9.63～11.72	28.1	9.17～9.44	29.9	7.80～9.48	31.1	6.25～7.99	32.1	5.74	24.7
9	27.4	11.55～14.07	30.2	11.17～11.48	32.1	9.49～11.53	33.5	7.65～9.78	34.7	7.08	26.5
10	28.9	13.41～16.33	32.1	13.17～13.52	34.2	11.24～13.65	35.7	9.07～11.59	37.2	8.49	28.0
11	30.5	15.32～18.65	33.9	15.07～15.48	36.1	12.86～15.61	37.8	10.43～13.34	39.5	9.82	29.0
12	31.8	16.99～20.69	35.5	16.86～17.31	37.9	14.46～17.56	39.8	11.80～15.09	41.6	11.11	29.8
13	33.1	18.67～22.72	37.0	18.57～19.07	39.6	16.00～19.44	41.6	13.07～16.72	43.6	12.38	30.4
14	34.3	20.21～24.60	38.5	20.27～20.82	41.1	17.39～21.12	43.3	14.28～18.26	45.5	13.60	30.8
15	35.3	21.54～26.22	39.8	21.79～22.38	42.6	18.79～22.82	44.8	15.38～19.67	47.2	14.72	31.1

注：D 表示胸径（cm），$m^3/667m^2$ 表示每 667 平方米的蓄积量

蓄积量生长随密度增大而增大，其连年生长高峰年龄Ⅰ组为7～8年，Ⅱ、Ⅲ组为8～9年，Ⅳ、Ⅴ组为9～10年。说明栽植密度越稀，蓄积量连年生长高峰年龄到来时间越晚，这对于决策人工林主伐年龄有重要参考价值。

（四）讨　论

杨树丰产林虽以林木蓄积量丰产为目的，但在栽培过程中还应结合培育目标，选择适当的造林密度。因杨树栽植密度虽然对树木的高生长影响很小，但对胸径和蓄积量生长影响很大。不同密度达到某一径级的年限不一样，而径级在工业用材方面又是一个重要的衡量指标。蓄积量的大小，标示着丰产林的经济效益，因此，培育杨树丰产林，就需要了解不同密度林木的生长规律，明确各个生长阶段的生长特性。根据培育目的，选择恰当的栽植密度、经营管理强度及采伐方案，以求获得最大的经济效益。

三、安徽省泾县I-69/55杨人工林4种栽植密度生长规律

该丰产林位于皖南泾县泾河滩地，属千亩园苗圃辖区，丰产林立地条件优越，土壤属河滩冲积砂壤土，质地松软、透气、透水性强，是适宜杨树生长的良好地段。

丰产林于1992年由笔者与邢炜、宰步龙、汪雨晴共同设计栽植，设3米×3米、4米×4米、5米×5米和6米×6米4种密度3次重复共12个观测区，共计34.67公顷。以后由汪雨晴长年管理，按集约栽培要求进行合理施肥、灌溉和修枝，间作农作物，并注意防治病虫害，林木生长旺盛。后由于在实测数据过程中未能做到每年实测，故采用选取平均树干解析计算出4种密度林分生长过程。4种密度的I-69/55杨生长过程见表4-10。按表中数据分析如下。

(一)胸径生长

以6米×6米密度林最佳，其次是5米×5米。连年生长速生期在2～3年，高峰期在第三年。年平均生长高峰期出现在3～4年。3米×3米密度的林分，胸径生长较慢，林龄5年时，只有13.2厘米。

(二)树高生长

4米×4米、5米×5米和6米×6米3种密度的总生长量相近似，三者之间的差值约在0.5米左右，3米×3米密度的林分，树高生长较差。前5年4种密度相近似，自第六年开始，3米×3米密度林分树高生长明显减少，随林龄的增长，其差值为2～5米。在同一立地条件下，树高生长差异如此之大，密度因素起到了重要作用。

(三)蓄积量生长

蓄积量生长与密度呈正相关，密度越大，单位面积蓄积量越大；密度越小，则单位面积蓄积量越少。单位面积蓄积量的连年生长速生期：3米×3米林分在2～3年，4米×4米和5米×5米和6米×6米林分在2～4年，其间的高峰期：3米×3米为第三年，其他密度林分在第四年。而年平均生长量的高峰期，3米×3米林分为第五年，4米×4米密度林分为第五年，5米×5米、6米×6米密度林分为第六年。

(四)结 束 语

上列用于分析的原始数据是通过科学试验方法设置的试验林，采用林分平均树干解析资料加以分析的结果，是纯现实的研究数据分析结论，对于像泾河平原冲积区这样的立地条件下的杨树人工林的经营管理技术及培育目标等，都具有很好的参考价值。

从上述分析，湖南省汉寿市11种密度与安徽省泾县4种密度的生长规律相一致，在泾县的3米×3米密度的树高生长规律与其他密度的不一致，这可能是栽植密度过密所致。

四、杨树生长阶段的划分

一般认为，杨树是速生树种，即所谓长得快，成材早。实际上以杨树种和品种而论，亦有慢生、中生和速生之分。在立地条件优越的地方，杨树的速生特性得到充分发挥，在短期内即能培育成材，获得较大经济效益。但在立地条件差的地方，速生特性不能得到发挥，生长照样缓慢。有的杨树品种，其特性就是慢生的，长不快，因而不能一概而论，所谓速生只是相对于慢生而言。

对于速生品种的杨树来讲，在其生长进程中，亦有慢生期、速生期和衰退期之分，不可能从始至终永远是速生的。因此，认清其速生性的生长规律，并以此指导杨树栽培就显得十分重要。

笔者应用30块以I-69/55杨为主的南方型杨树各种栽植密度的人工丰产林的生长进程数据和林分立木树干解析资料，以及胸径、树高和单位面积蓄积量的总生长量、年平均生长量和连年生长量作为分析资料，采用数理统计平均数法和样本聚类分析方法进行分析，研究其在整个生长过程中的各阶段生长特性，最终按不同生长速度将其划分为4个生长阶段，即：缓慢生长期、速生期、后续缓慢生长期及生长衰退初期。表5-8是南方型杨树丰产林7种栽植密度、4个生长阶段的林龄阶段的划分。

（一）缓慢生长期

杨树苗木栽植后，由于苗木根系小，在土壤中需要有一个生根后再吸收养分的过程，因此，在一定时期内不能充分供应养分，从而导致主干生长缓慢，这一时期可称之为缓慢生长期，约为造林后1～2年。不同的栽植密度的林分，缓慢生长期相同，不以栽植密度的改变而出现差异。

(二)速生期

从林龄3年开始，杨树丰产林生长开始进入速生期，速生期的林龄跨度因栽植密度不同而有差异，其基本规律是栽植越密，速生期越短，栽植越稀，速生期延续的林龄越长。

胸径生长速生期从3米×3米密度的3～4年，至8米×8米、9米×9米密度的3～7年和3～8年。说明密度越稀，胸径生长越快。

树高生长及其速生期受密度影响较小，一般多在2～7年。

单位面积蓄积量生长及其速生期受密度影响较大，越密则速生期越短，随着栽植密度由密而稀，速生期随之逐渐延长，直至8米×8米、9米×9米密度的3～10年和3～11年。

(三)后续缓慢生长期

这是在林木的整个生长过程中，速生期过后，随着生长量的下降而出现的第二次缓慢生长期。这一时期持续的时间较短，为2～3年。栽植密度稀的林分，持续时间相对长一些。

(四)生长衰退初期

在生长缓慢期之后，无论是胸径、树高或单位面积蓄积量都持续地逐年减少，从后续缓慢生长期逐渐过渡到生长衰退初期，树体逐年出现不同程度的衰老状态。杨树生长衰退出现时间的早晚，不但与立地条件相关，而且与栽植密度密切相关。密度越大，生长衰退期到来时间越早，反之则较晚。

(五)分　析

按照森林学和测树学原理，林分蓄积量达到最大值时的状态的年龄称之为数量成熟龄。从木材生长的数量指标分析森林成熟

表 5-8 南方型杨树丰产林不同密度不同生长阶段的林龄(年)

密度 \ 年限 \ 生长阶段	密度											
	3m×3m			4m×4m			5m×5m			6m×6m		
	胸径	树高	蓄积量	胸径	树高	蓄积量	胸径	树高	蓄积量	胸径	树高	蓄积量
缓慢生长期	1～2	1	1～2	1～2	1	1～2	1～2	1	1～2	1～2	1	1～2
速生期	3～4	2～7	3～4	3～5	2～7	3～6	3～5	2～7	3～7	3～6	2～7	3～8
后续缓慢生长期	5～6	8～9	5～6	6～7	8～9	7～8	6～7	8～9	9～10	7～9	8～10	10～12
生长衰退初期	7～10	10～13	7～10	8～11	10～13	9～12	8～11	10～13	11～14	10～13	11～14	13～16

密度 \ 年限 \ 生长阶段	密度								
	7m×7m			8m×8m			9m×9m		
	胸径	树高	蓄积量	胸径	树高	蓄积量	胸径	树高	蓄积量
缓慢生长期	1～2	1	1～2	1～2	1	1～2	1～2	1	1～2
速生期	3～7	2～7	3～9	3～7	2～7	3～8	3～8	2～7	3～11
后续缓慢生长期	8～10	8～10	10～12	8～10	8～10	9～11	9～11	8～10	12～14
生长衰退初期	11～15	11～14	13～17	11～15	11～14	12～16	12～16	12～15	15～19

时，可知在林分的蓄积生长过程中，蓄积量的增大和时间的增长并非按照一定的趋势。这种现象反映在林分连年生长量随年龄增长而增长，在达到高峰年龄后则逐渐下降。平均生长量的变化也基本如此，但到达高峰年龄较晚，在一定年龄与连年生长量相等。这时为平均生长量的最高峰的具体年龄。表 5-8 中速生期的年限，起始年实为连年生长量的高峰年，终结年实为平均生长量的高峰年，二者之间即为林分的速生期。根据平均生长量的含意，在平均生长量达到最高峰的具体年龄进行采伐利用和及时更新造林代之以新的林分，此时所获得的木材数量为最多。这一理论即可以指导杨树丰产林的主伐年龄的确定。由此看来，表 5-8 的内容对杨树丰产林的经营利用具有重要的指导价值。

林分过渡到衰老阶段的状态的年龄称之为自然成熟龄，杨树的自然成熟龄到来的时间较早，但也是在一段时间内慢慢变化的过程，表 5-8 所列，是在后续缓慢生长期之后，出现的生长衰退期的开始年限，即为自然成熟的开始年份。

在这里必须强调的是，表 5-8 的内容是以集约栽培和强度经营管理杨树丰产林为前提的。经营管理水平低下或立地条件很差的杨树人工林，则 4 个生长阶段的年限会发生明显变化。

五、不同栽植密度林分的主伐年龄

（一）杨树速生丰产用材林的培育目标

当前我国林业六大建设工程中的速生丰产用材林基地建设工程，是一项以经济效益为主，兼有生态功能的基础产业工程。通过较高的资金和技术投入，采用高度集约经营方式，以较少的土地和较短的周期，生产出较多的木材，满足社会经济发展对木材和林产品的需要。速生丰产林基地建设工程是以市场需求为导向，通过市场配置资源，采取以市场融资为主、政府适当扶持的投入机制，在全国整个工程建设期的2001～2015年间，共分三期工程实施建设共计2 722万公顷人工速生丰产林。

在这一建设工程中，杨树因为分布范围广、品种多、可选择性强、速生优质的特点而被列在非常重要的地位。

杨树木材用途很广，按照国家颁布的原木材种规格，从小径原木到大径级的旋切单板用材，共计有11种之多；按原木检尺规格分类可分为小径原木类、中径原木类和大径原木类3大类以及削片材。因此，杨树速生丰产用材林的培育目标非常宽广，对国家生产木材的贡献能力亦很巨大。杨树速生丰产用材林的培育目标可按表5-9中所列的材种，因地制宜地进行选择。

表5-9　适用于杨树的原木材种规格国家标准简表

国家标准编号	材种名称	检尺长(m)	检尺径(cm)
	(1)小径原木类		
GB/T 1176－1999	小径原木	2～6 0.2进级	6～16(东北、内蒙古)、4～12(其他)
GB 11717－89	造纸用原木	2～6运输不便处：1～1.8	6以上
LY/T 11518－94	椽　材	1～3 0.1进级	3～12　1进级
	(2)中径原木类		
GB 142－1995	直接用原木、坑木	2.2～3.2，4，5.6	12～14　2进级
LY/T 1157－1990	檩　材	4～5 0.2进级	12～20　2进级
ZB B 68010－89	短原木	1～1.9 0.1进级	14以上　2进级

续表 5-9

国家标准编号	材种名称	检尺长(m)	检尺径(cm)
	(2)中径原木类		
ZB B 68003－86	次加工原木(不含东北、内蒙古地区)	2～6 0.2 进级	14 以上 2 进级
ZB B 68009－89	东北、内蒙古地区次加工原木	2～6,2.5 0.2 进级	18 以上 2 进级
	(3)大径原木类		
LY/T 1503－1999	加工用原木、枕资	2.5、5、7.5	26 以上 2 进级
GB/T 15779－1995	旋切单板用原木	2、2.6、4、5.2、6	26 以上 2 进级
—	(4)削片材	2～6 0.2 进级	6～12 2 进级

(二)杨树速生丰产用材林的轮伐期

运用轮伐期理论指导杨树速生丰产林的主伐作业,可充分利用肥沃的立地和杨树速生丰产的特点,达到永续利用的目的。轮伐期的概念是在一个丰产林经营单位内对符合一定目标要求的成熟林进行采伐后,通过更新造林和集约经营,直至再次采伐所需要的时期,是在丰产林经营单位内实现永续利用的时间指标。也就是主伐年龄与更新期之和即为轮伐期。

(三)杨树速生丰产用材林的主伐年龄

杨树丰产林主伐方式主要采用皆伐作业,按照表 5-9 所列国家标准,杨树丰产林培育目标大致可分为小径原木、中径原木和大径原木 3 大类,这 3 类原木检尺径范围,小径为 6～16 厘米,中径为 12～24 厘米,大径为 26 厘米以上。按照这 3 类要求,制订栽植密度等经营管理措施，进而确定主伐年龄。即根据培育目标确定主伐年龄，实际上杨树丰产林的主伐年龄既是数量成熟龄又是某一目标材种的工艺成熟龄。根据测树学原理，数量成熟以平均生长量最高值为指标。因此丰产林培育的目标材种单位面积蓄积量达到最高值即为其主伐年龄。

根据对 30 块以 I-69/55 杨为主的南方型杨树丰产林生长量指标进行分析，3 米×3 米～9 米×9 米 7 种栽植密度的主伐年龄及其平均胸径、单位面积蓄积量可能达到的指标参考值为表 5-10 所示。

表 5-10　不同栽植密度的主伐年龄及生长指标

密度(m) 项　目	3×3	4×4	5×5	6×6	7×7	8×8	9×9
主伐年龄(年)	4	6	7	8	9	10	11～12
平均胸径(cm)	12～15	18～20	22～24	24～28	28～30	32～36	36 以上
蓄积量(m^3/667m^2)	7～8	7～9	8～12	9～14	9～12	8～11	8～11

第六章 长江中下游平原杨树丰产林的采伐利用

一、南方型杨树二元立木材积表

为了保证能获得预期经济效益，在杨树丰产林经营期间，经营者要经常测算蓄积量的生长水平，以便在经营期间能有目的地改善经营方式，尤其在临近主伐年龄时，更应通过伐区调查，确定采伐年限和伐后木材产量。为此，在经营期间和伐区调查过程中，二元立木材积表是不可缺少的测算数表。

笔者为此研制了11种杨树品种的二元立木材积表并于2007年纳入我国林业行业标准LY/T 1716－2007《杨树栽培技术规程》之中，正式成为我国杨树材积、蓄积测算的规范性数表。现就其中适用于长江中下游平原南方型杨树即I-72/58、I-69/55、I-63/51杨二元立木材积表做一简要介绍。

（一）原始样木的实测与收集

1. 样木实测方法 利用伐区或小块林地采伐现场，将伐倒木进行1米区分实测。在不能伐倒树木的情况下，用爬树实测和收集树干解析资料作为补充。

2. 实测样木的地点及数量 样木实测地点主要有湖南省的汉寿市、沅江县，湖北省的潜江市、天门市，安徽省的怀宁县、贵池区、枞阳县，河南省的信阳市、南阳市，山东省的临沂市、莒县、郯城县、日照市、济宁市、兖州市、成武县，共计7 458株样木，涉及胸径范围为8～34厘米，树高范围为6～28米。

(二)回归模式

采用五种回归式进行计算并分析比较后，确定下列模式作为南方型杨树二元立木材积表的回归模式

$V=0.19328321D^2H+0.007734354DH+0.82141915D^2$

N：7458；R：0.8983；S：0.00107；P：−0.33%

V—立木材积；D—胸径；H—树高；

N—样木树量；R—相关系数；S—标准差；P—系统误差。

所编制的二元立木材积表见表6-1。

(三)适用范围

除适用于I-72/58、I-69/55、I-63/51杨之外，经少量样木验证，初步认为亦适用于南抗杨、丹红杨、巨霸杨、中荷1号杨、中潜杨、中天杨、中民杨、中嘉杨、南新杨、南林95杨、南林895杨。

由于近几年培育出的一些适宜于长江中下游平原的杨树新品种，资料缺少，未能进行起码的验证，凡适于长江中下游平原栽培的南方型杨树品种，在没有新的材积表之前，均可以此表代用。

二、南方型杨树材种出材率表

杨树丰产林经营的根本目标，在于生产出更多的某一材种或某几个材种的原木商品材。为此在整个经营期间要时刻关注目标材种的生长状况，包括可能达到的材种规格是否符合国家标准及其在丰产林总蓄积中所占的比重，从而确定能达到最佳效益的主伐年龄。实际上杨树丰产林的主伐年龄，既是目标材种的工艺成熟龄，又是数量成熟龄。材种出材率表就是用于预测丰产林的材种结构并进而预测其经济效益的一种测算数表。在经营管理工作中起到不可替代的重要作用。为此，笔者尽己所能，研制了南方型杨树材种出材率表，也研制了新疆杨材种出材率表(全林数据见表6-7)。

表 6-1 南方型杨二元立木材积表

(I-72/58、I-69/55、I-63/51 杨)

$V=0.19328321D^2H+0.007734354DH+0.82141915D^2$，N:7458，R:0.8983，S:0.00107，P:−0.33%，

D \ H	3	4	5	6	7	8	9	10	11	12	13	14	15
3	0.0020	0.0024	0.028	0.0032	0.0036								
4	0.0032	0.0034	0.0044	0.0050	0.0056	0.0063							
5	0.0047	0.0055	0.0064	0.0073	0.0081	0.0090	0.0099						
6	0.0064	0.0076	0.0088	0.0099	0.0111	0.0122	0.0134	0.0146					
7		0.0100	0.0115	0.0130	0.0144	0.0159	0.0174	0.189	0.0204				
8		0.0127	0.0145	0.0164	0.0182	0.0201	0.0220	0.0238	0.0257	0.0275			
9			0.0180	0.0202	0.0225	0.0247	0.0270	0.0293	0.0315	0.0338	0.0361		
10			0.0217	0.0245	0.0272	0.0299	0.0326	0.0353	0.0380	0.0407	0.0434	0.0461	
11				0.0291	0.0323	0.0355	0.0386	0.0418	0.0450	0.0482	0.0514	0.0546	0.0578
12				0.0341	0.0378	0.0415	0.0452	0.0489	0.0527	0.0564	0.0601	0.0638	0.0675
13					0.0438	0.0481	0.0523	0.0566	0.0609	0.0651	0.0694	0.0737	0.0780
14					0.0502	0.0551	0.0599	0.0648	0.0697	0.0746	0.0794	0.0843	0.0892
15						0.0626	0.0681	0.0736	0.0791	0.0846	0.0910	0.0956	0.1011
16						0.0705	0.0767	0.0829	0.0891	0.0953	0.1014	0.1076	0.1138

续表 6-1

D \ H	3	4	5	6	7	8	9	10	11	12	13	14	15
17							0.0858	0.0927	0.0996	0.1065	0.1134	0.1203	0.1272
18								0.1032	0.1108	0.1185	0.1261	0.1338	0.1414
19									0.1226	0.1310	0.1395	0.1479	0.1564
20										0.1442	0.1535	0.1628	0.1720
21											0.1681	0.1783	0.1884
22												0.1945	0.2056

D \ H	16	17	18	19	20	21	22	23	24	25	26	27	28
11	0.0610	0.0642											
12	0.0712	0.0749											
13	0.0822	0.0865	0.0908										
14	0.0940	0.0989	0.1038	0.1087									
15	0.1066	0.1121	0.1176	0.1232	0.1287								
16	0.1200	0.1262	0.1324	0.1396	0.1447	0.1509							
17	0.1342	0.1411	0.1480	0.1549	0.1618	0.1687	0.1756						
18	0.1491	0.1567	0.1644	0.1721	0.1797	0.1874	0.1950	0.2027					

续表 6-1

D \ H	16	17	18	19	20	21	22	23	24	25	26	27	28
19	0. 1648	0. 1733	0. 1817	0. 1901	0. 1986	0. 270	0. 2155	0. 2239	0. 2324				
20	0. 1813	0. 1906	0. 1999	0. 2091	0. 2184	0. 2277	0. 2370	0. 2463	0. 2555	0. 2648			
21	0. 1986	0. 2087	0. 2169	0. 2290	0. 2392	0. 2493	0. 2595	0. 2696	0. 2798	0. 2899	0. 3001		
22	0. 2167	0. 2277	0. 2388	0. 2490	0. 2609	0. 2719	0. 2830	0. 2941	0. 3051	0. 3162	0. 3272	0. 3383	
23	0. 2355	0. 2475	0. 2595	0. 2715	0. 2805	0. 2955	0. 3075	0. 3155	0. 3315	0. 3455	0. 3555	0. 3675	0. 3796
24		0. 2681	0. 2811	0. 2941	0. 3071	0. 3201	0. 3331	0. 3461	0. 3591	0. 3720	0. 3850	0. 3980	0. 4110
25		0. 2896	0. 3036	0. 3176	0. 3316	0. 3456	0. 3596	0. 3737	0. 3877	0. 4017	0. 4157	0. 4297	0. 4437
26			0. 3269	0. 3420	0. 3571	0. 3721	0. 3872	0. 4023	0. 4174	0. 4324	0. 4475	0. 4626	0. 4777
27			0. 3511	0. 3673	0. 3835	0. 3996	0. 4158	0. 4320	0. 4482	0. 4643	0. 4805	0. 4967	0. 5129
28				0. 3935	0. 4108	0. 4281	0. 4454	0. 4627	0. 4801	0. 4974	0. 5147	0. 5320	0. 5493
29				0. 4205	0. 4390	0. 4575	0. 4760	0. 4945	0. 5130	0. 5315	0. 5500	0. 5685	0. 5870
30					0. 4682	0. 4880	0. 5077	0. 5274	0. 5471	0. 5668	0. 5865	0. 6063	0. 6260

续表 6-1

H / D	20	21	22	23	24	25	26	27	28	29	30	31	32
31	0.4984	0.5194	0.5403	0.5613	0.5823	0.6032	0.6242	0.6452	0.6662	0.6871	0.7081	0.7291	0.7500
32		0.5517	0.5740	0.5963	0.6185	0.6408	0.6631	0.6853	0.7076	0.7299	0.7521	0.7744	0.7967
33		0.5851	0.6087	0.6323	0.6559	0.6795	0.7031	0.7267	0.7503	0.7739	0.7975	0.8211	0.8447
34		0.6194	0.6444	0.6693	0.6943	0.7193	0.7443	0.7692	0.7942	0.8192	0.8442	0.8691	0.8941
35			0.6547	0.7075	0.7338	0.7602	0.7866	0.8130	0.8394	0.8658	0.8922	0.9185	0.9449
36			0.7188	0.8466	0.7745	0.8023	0.8301	0.8580	0.8858	0.9136	0.9415	0.9693	0.9971
37				0.7869	0.8162	0.8455	0.8748	0.9042	0.9335	0.9628	0.9921	1.0214	1.0508
38				0.8281	0.8590	0.8898	0.9207	0.9515	0.9824	1.0132	1.0441	1.0749	1.1058
39					0.9029	0.9353	0.9677	1.0001	1.0326	1.0650	1.0974	1.1298	1.1622
40					0.9479	0.9819	1.0159	1.0499	1.0641	1.1100	1.1520	1.1860	1.2200
41						1.0296	1.0653	1.1010	1.1366	1.1723	1.2079	1.2436	1.2793
42						1.0785	1.1158	1.1532	1.1905	1.2279	1.2652	1.3025	1.3399
43							1.1675	1.2066	1.2457	1.2847	1.3238	1.3629	1.4019
44							1.2204	1.2612	1.3021	1.3429	1.3837	1.4245	1.4654

续表 6-1

D \ H	20	21	22	23	24	25	26	27	28	29	30	31	32
45								1.3171	1.3597	1.4023	1.4449	1.4876	1.5302
46								1.3741	1.4186	1.4631	1.5075	1.5520	1.5964
46									1.4787	1.5251	1.5714	1.6177	1.6641
47									1.5401	1.5884	1.6366	1.6848	1.7331
48										1.6529	1.7031	1.7533	1.8035
49										1.7188	1.7710	1.8232	1.8754
50													

D \ H	29	30	31	32
24	0.4240			
25	0.4577	0.4718		
26	0.4928	0.5078	0.5229	
27	0.5291	0.5452	0.5614	0.5776
28	0.5667	0.5840	0.6013	0.6186
29	0.6055	0.6240	0.6425	0.6610
30	0.6457	0.6654	0.6851	0.7048

注:D 表示胸径(cm),H 表示树高(m)

(一)各材种出材率的回归模型

经济材总出材率：

$$P\% = 99.1316621e^{(-0.9354432/D - 1.1426577/H)} \quad R:0.9104$$

大径原木出材率：

$$P\% = 0.0051503D^{2.068937}\ H^{0.338279} \quad R:0.9208$$

中径原木出材率：

$$P\% = 0.959526D^{0.8593829}\ H^{0.3594178} \quad R:0.9216$$

削片材出材率：

$$P\% = 60.320405e^{(-0.0906845D - 0.0756215H)} \quad R:0.9632$$

式中P%为材种出材率，D为样木胸径，H为样木树高，R为相关系数

按上述回归模型编制成出材率表，详见表6-2至表6-6。

(二)分　析

经济材总出材率随胸径、树高增大而增大，表6-2所列为79.5%～92.6%，同时说明废材率随胸径、树高增大而减少，为20.5%～7.4%。

表6-3所列大径材出材率，随胸径、树高增大而增大，最大可达23.4%。根据实际统计分析，胸径22厘米以下的林分，大径材出材率为零，故在表6-3中只有检尺径24厘米及以上的大径原木出材率。

中径材出材率随胸径、树高的增大而增大，表6-4所列数据为24.6%～42.4%。

按国家标准材种规格可作为小径材的出材率见表6-5，其规律是随胸径、树高的增大而减少。

削片材出材率随胸径、树高增大而减少，表6-6所列数为11.1%～0.3%，削片材也可作为包装材、小农具用材等。

(三)应　用

鉴于编表样本取自于人工林群体中全部样木,并以样本平均数的回归值研制而成,因此,表 6-2 至表 6-6 适用于造林设计中预测人工林采伐时伐区的材种出材率、出材量及经济效益。适用于对现有林和群体林分或小班进行预测,但不适于单株木预测。

应用方法是:预测设计的人工林采伐时的平均胸径、平均树高,或对现有林测定其平均胸径和平均树高后,查表 6-2 至表 6-6 相应栏目,即可算出各材种出材率和出材量。

例:一块 10 年生 I-69/55 杨人工林,平均胸径 26 厘米,平均树高 23 米,每 667 平方米总蓄积量 8.67 立方米,各材种出材率及出材量为:

大径材 12.6%,出材量 1.092 立方米/667 平方米;

中径材出材率 36.10%,出材量 3.130 立方米/667 平方米;

小径材出材率 40.9%,出材量 3.546 立方米/667 平方米;

削片出材率 1.0%,出材量 0.086 立方米/667 平方米。

以上各项之和即经济材总出材量为 7.854 立方米/667 平方米。

(四)适用于部分美洲黑杨和欧美杨品种

根据笔者过去积累的南抗杨、中潜杨、中驻杨、中汉杨、中嘉杨、中天杨、沙兰杨、欧美杨 107、中林 46 杨、中荷 64 杨共计伐倒木造材样本 3 600 余株初步验证对照分析,其出材率误差:经济材总出材率为 3.6%,大径材出材率为 −2.1%,中径材出材率为 2.8%,小径材出材率为 1.1%。因此,可以认为在缺少更为精确的各杨树品种的相关数表的情况下,表 6-2 至表 6-6 可预测美洲黑杨、欧美杨一些品种的出材率。

表 6-2 南方型杨经济材出材率表

$P\%=99.1316621e^{-0.9354432/D-1.1426577/H}$　R:0.9104 D:cm H:m

D \ H	8	9	10	11	12	13	14	15	16	17	18	19	20	21	22	23	24	25	26	27	28
12	79.5	80.8	81.8	82.7	83.4	84.0	84.5	85.0													
14		81.7	82.7	83.6	84.3	84.9	85.5	85.9	86.3	86.7	87.0										
16				84.3	85.0	85.6	86.2	86.6	87.1	87.4	87.8	88.0	88.3								
18					85.6	86.2	86.7	87.2	87.6	88.0	88.3	88.6	88.9	89.1	89.3						
20						86.6	87.2	87.7	88.1	88.5	88.8	89.1	89.3	89.6	89.8	90.0	90.2				
22							87.6	88.0	88.5	88.8	89.2	89.5	89.7	90.0	90.2	90.4	90.6	90.8			
24									88.3	88.8	89.1	89.5	89.8	90.0	90.3	90.5	90.7	90.9	91.1	91.2	91.4
26									89.0	89.4	89.7	90.0	90.3	90.6	90.8	91.0	91.2	91.4	91.5	91.7	91.8
28										89.6	90.0	90.3	90.6	90.8	91.0	91.2	91.4	91.6	91.8	91.9	92.0
30											90.2	90.5	90.8	91.0	91.2	91.4	91.6	91.8	92.0	92.1	92.2
32												90.7	90.9	91.2	91.4	91.6	91.8	92.0	92.1	92.3	92.4
34													91.1	91.3	91.6	91.8	92.0	92.1	92.3	92.4	92.6

表 6-3　南方型杨大径材出材率

$P\%=0.0051503D^{2.068937}H^{0.338279}$　　R:0.9208　　D:cm　　H:m

D \ H	15	16	17	18	19	20	21	22	23	24	25	26	27	28
24	9.2	9.4	9.6	9.8	10.0	10.2	10.3	10.5	10.7	10.8	11.0	11.1	11.3	
26		11.3	11.4	11.6	11.8	12.0	12.2	12.4	12.6	12.8	12.9	13.1	13.3	13.5
28			13.2	13.5	13.8	14.0	14.2	14.5	14.7	14.9	15.1	15.3	15.5	15.7
30				15.6	15.9	16.1	16.4	16.7	16.9	17.2	17.4	17.6	17.9	18.1
32					18.1	18.5	18.8	19.1	19.3	19.6	19.9	20.2	20.4	20.7
34						20.9	21.3	21.6	21.9	22.2	22.6	22.9	23.2	23.4

表 6-4　南方型杨中径材出材率

$P\% = 0.959526D^{0.8593829}H^{0.3594178}$　　R：0.9216　D：cm　　H：m

D \ H	8	11	12	13	14	15	16	17	18	19	20	21	22	23	24	25	26	27	28
16		24.6	25.4	26.1	26.8	27.5	28.2	28.8	29.4	30.0	30.5								
18			28.1	28.9	29.7	30.4	31.2	31.8	32.5	33.1	33.8	34.4	34.9						
20				31.7	32.5	33.3	34.1	34.9	35.6	36.3	37.0	37.6	38.2	38.9	39.5				
22					35.3	36.2	37.0	37.8	38.6	39.4	40.1	40.8	41.5	42.2	42.8	43.5			
24						29.8	30.5	31.2	32.0	32.4	33.0	33.7	34.2	34.8	35.4	35.8	36.4	36.9	
26							31.4	32.3	33.0	33.7	34.3	34.9	35.5	36.1	36.6	37.3	37.8	38.3	39.8
28								32.4	34.0	34.7	35.4	36.0	36.6	37.2	37.8	38.2	38.9	39.5	40.0
30									34.8	35.5	36.0	36.9	37.5	38.2	38.7	39.3	39.9	40.4	41.0
32										36.2	36.9	37.5	38.2	38.9	39.5	40.1	40.6	41.3	41.8
34											37.4	38.0	38.7	39.4	40.1	40.6	41.2	41.8	42.4

表 6-5 南方型杨小径材出材率

D:cm H:m

D \ H	8	9	10	11	12	13	14	15	16	17	18	19	20	21	22	23	24	25	26	27	28
12	68.4	70.5	72.3	73.2	75.2	76.4	77.5	78.5													
14		73.1	74.7	76.2	77.5	78.6	79.6	80.5	81.2	82.0	82.7										
16			53.5	53.9	54.2	54.5	54.6	54.7	54.7	54.7	54.7	54.7									
18				52.7	52.9	52.9	52.9	52.9	52.9	52.8	52.7	52.6	52.5	52.3							
20					51.3	51.3	51.2	51.1	50.9	50.7	50.5	50.1	50.0	49.7	49.4	49.1					
22						49.5	49.2	49.1	48.7	48.5	48.2	47.8	47.5	47.1	46.8	46.5	46.1				
24							47.1	46.9	46.5	46.1	45.8	45.3	44.9	44.5	44.0	43.6	43.3	42.7	42.3		
26								44.6	44.1	43.6	43.1	42.7	42.3	41.8	41.3	40.9	40.3	39.8	39.4	38.8	
28									41.7	41.3	40.7	40.2	39.6	39.0	38.4	37.9	37.3	36.9	36.2	35.7	
30										38.8	38.2	38.5	36.9	36.2	35.6	35.1	34.5	33.9	33.3	32.6	
32											35.6	34.8	34.2	33.5	32.8	32.2	31.5	30.8	30.2	29.5	
34												32.2	31.4	30.8	30.0	29.2	28.5	27.8	26.9	26.5	

表 6-6　南方型杨削片出材率

$P\% = 60.320405e^{(\sim 0.0906845D \sim 0.0756215H)}$　　R: 0.9632　　D: cm　　H: m

D \ H	8	9	10	11	12	13	14	15	16	17	18	19	20	21	22	23	24	25	26	27	28
12	11.1	10.3	9.5	8.8	8.2	7.6	7.0	6.5													
14		8.6	8.0	7.4	6.8	6.3	5.9	5.4	5.1	4.7	4.3										
16				6.2	5.7	5.3	4.9	4.5	4.2	3.9	3.6	3.4	3.1								
18					4.8	4.4	4.1	3.8	3.5	3.3	3.0	2.8	2.6	2.4	2.2						
20						3.7	3.4	3.2	2.9	2.7	2.5	2.3	2.2	2.0	1.9	1.7	1.6				
22							2.8	2.6	2.4	2.3	2.1	1.9	1.8	1.7	1.6	1.4	1.3	1.2			
24								2.2	2.0	1.9	1.8	1.6	1.5	1.4	1.3	1.2	1.1	1.0	1.0	0.9	
26									1.7	1.6	1.5	1.4	1.3	1.2	1.1	1.0	0.9	0.9	0.8	0.7	0.7
28										1.3	1.2	1.1	1.0	1.0	0.9	0.9	0.8	0.8	0.7	0.7	0.6
30											1.0	0.9	0.9	0.8	0.8	0.7	0.6	0.6	0.6	0.5	0.5
32												0.8	0.7	0.7	0.6	0.6	0.5	0.5	0.5	0.4	0.4
34													0.6	0.6	0.5	0.5	0.5	0.4	0.4	0.4	0.3

表 6-7 南方型杨树人工林伐倒实测样木株数统计(株)(D:cm，H:m)

D \ H	8	9	10	11	12	13	14	15	16	17	18	19	20	21	22	23	24	25	26	27	28	计
12	21	30	98	102	80	73																404
14		62	121	103	78	60	32	89														545
16				15	92	50	41	92	98	103	89	71	69									720
18					8	18	30	107	123	143	120	108	106	89	63							915
20					8	21	27	123	148	161	131	122	118	100	92	81	62					1194
22						22	50	98	131	183	102	62	57	49	30	22	21	30				857
24								120	131	136	98	64	48	38	41	31	38	20	28	21	10	824
26								79	65	71	91	60	51	42	39	28	19	15	13	10	3	586
28									60	65	36	52	49	51	30	18	16	13	14	10	1	415
30											38	48	30	38	28	17	17	12	16	9	2	255
32													18	20	23	19	10	8	8	7	1	114
34													12	10	3	8	7	9	5	7	3	64
计	21	92	219	220	266	244	180	708	756	862	705	587	558	437	349	224	190	107	84	64	20	6893

三、丰产林主伐技术程序

(一)清查伐区资源

对计划主伐的丰产林,首先确定伐区境界及采伐面积,然后进行伐区每木调查,检测立木胸高、直径和平均树高,计算伐区内总蓄积量。笔者于 1996 年在池洲市贵池区乌沙林场,进行了伐区调查。

地点:贵池区乌沙林场。

立地条件:长江冲积洲,海拔高 15.9 米,在经营期间洪水期水淹深度为 0.20～1.88 米,水淹时间 25～40 天。土壤为冲积砂壤土。

伐区面积:23.4 公顷。

林况:I-69/55 杨林龄 8 年,株行距 3 米×6 米。

伐区调查人:陈章水、朱利、汪英桃。

伐区每木调查记录,见表 6-8,伐区共有立木 12 242 株(共缺株 745 株,平均 667 平方米缺株 2.1 株),平均胸径 24.9 厘米,平均树高 22.9 米。

(二)预测材种出材量

预测材种出材量工作在经营期间应经常进行,在实施主伐之前进行预测可以更好地验证所确定的主伐年龄是否正确,并可预测伐后的经济效益。

预测方法有两种,一是平均数法,已于本章第二节第三项中阐述了;第二种方法是径阶法。按表 6-8 伐区调查表中伐区内各径阶的数值进行计算,表 6-9 是全伐区出材量预测计算表,其计算方法如下。

表 6-8　伐区调查

径阶	立木株数合计	平均树高(m)
16	421	21.5
18	702	22.5
20	1122	22.5
22	1508	23.0
24	2035	23.0
26	2421	23.1
28	2001	23.0
30	1439	23.2
32	420	23.3
34	173	23.2
平均胸径 24.9(cm)	12242	22.9

第一,用径阶值和平均树高值查南方型杨二元立木材积表,得到该径阶的平均单株材积,再乘以该径阶的立木株数即得该径阶立木蓄积量。各径阶立木蓄积量之和即为全伐区总蓄积量,表列为 4 661.243 立方米。

第二,按径阶中值和平均树高查南方型杨材种出材率表,查得各材种的材种出材率,分别乘以该径阶的立木蓄积量,即为该径阶各材种的出材量,各径阶出材量相加之和,即为伐区各材种的总出材量。表列为 4 217.604 立方米。

分析表 6-9 所列数值,对栽植密度 3 米×6 米的 I-69/55 杨丰产林,在林龄 8 年进行采伐时,可能获得的各材种出材量有以下特点。

一是总出材率为 90.49%,各种规格的原木商品材及削片总出材量为 12.016 立方米/667 平方米,年平均产材量为 1.5 立方米/667 平方米(12.016 平方米÷8 年),应认为是比较高产的。

表 6-9　伐区出材量预测计算表

（单位：径阶：cm　树高：m　出材率：%　立木蓄积量和出材量、材积：m^3）

径阶	立木株数合计	平均树高	立木蓄积量 m^3	大径材		中径材		小径材		削片		合计		废材	
				出材率	出材量	出材率	出材量	出材率	出材量	出材率	出材量	出材率	出材量	百分率	材积
16	421	21.5	64.842	～	～	31.0	20.101	54.7	35.468	3.0	1.945	88.7	57.514	11.3	7.328
18	702	22.5	139.587	～	～	34.9	48.716	52.3	73.004	2.2	3.071	89.4	124.791	10.6	14.796
20	1122	22.5	271.094	～	～	38.2	103.558	49.4	133.920	1.7	4.609	89.3	242.087	10.7	29.007
22	1508	23.0	443.436	～	～	42.2	187.130	46.5	206.198	1.4	6.208	90.1	399.536	9.9	43.900
24	2035	23.0	704.251	10.7	75.355	34.8	245.079	43.6	307.053	1.2	8.451	90.3	635.938	9.7	68.313
26	2421	23.1	977.610	12.6	123.179	36.1	352.917	40.9	399.842	1.0	9.776	90.6	885.714	9.4	91.896
28	2001	23.0	925.937	14.7	136.113	37.2	344.448	37.9	350.930	0.9	8.333	90.7	839.824	9.3	86.113
30	1439	23.2	764.591	16.9	129.216	38.2	292.074	35.1	268.371	0.7	5.352	90.9	695.013	9.1	69.579
32	420	23.3	253.235	19.3	48.874	38.9	98.508	32.2	81.542	0.6	1.519	91.0	230.443	9.0	22.792
34	173	23.2	116.660	21.6	25.199	39.4	45.964	30.0	34.998	0.5	0.583	91.5	106.744	8.5	9.916
合计	12242		4661.243	11.54	537.936	37.30	1738.495	40.58	1891.326	1.07	49.847	90.49	4217.604	9.51	443.640
平均每 $667m^2$	34.9		13.280	11.54	1.533	37.30	4.953	40.58	5.388	1.07	0.142	90.49	12.016	9.51	1.264

二是主要材种为中径材和小径材，出材率 37.3%的中径材材种为直接用原木、檩材、次加工原木等；出材率 40.58%的小径材材种为小径原木及造纸材原木。其出材量分别为 4.953 立方米/667 平方米和 5.388 立方米/667 平方米，二者之和为 10.341 立方米/667 平方米，占总出材量的 77.88%。说明 8 年林龄、胸径为 24.9 厘米的 3 米×6 米丰产林，主要生产中小径材。

三是大径材材种，即加工用原木和旋切单板用原木，检尺径在 24 厘米以上(去皮)的原木，其出材量只有 1.533 立方米/667 平方米，占总出材量的 11.54%。在立木株数为 34.9 株/667 平方米的林地中，可以生产出大径原木的立木虽然高达 24.2 株/667 平方米(占 69.3%)(注：24～34 径阶立木株数之和 8 489 株，折合为 24.2 株/667 平方米)，但由于出产大径原木的检尺径必须达到 26 厘米(去皮)以上，造材时只能在树木的下部可以获得，可见，在杨树丰产林中，培育大径材出材率高的林分是比较不容易的，须要付出更大的代价。

四是废材占 9.51%，主要是树皮、树梢、主干中枝桠生长部位和遭病虫危害主干破损等部位。

五是丰产林业主可以根据这一计算结果，预测丰产林采伐后可能获得的经济效益，从而更好的考虑主伐年龄。

六是原始资料源于现场实测，数据与实际吻合，比较可靠。

(三)采伐造材和归楞

在伐区内通过每木检尺之后，按计划进行采伐，在采伐的同时将伐倒木造材，造材时要按表 5-8 所示国家材种规格进行合理造材，同时将造材后的原木随时归楞和统计，按国家标准原木材积表计算原木材积。表 6-10 是在全伐区采伐造材归楞后统计的全伐区实际生产的原木及其材积量。从表 6-10 可以有如下的分析结果。

表 6-10　伐区商品材原木数量及出材量统计表

（单位：材长：m，检尺径：cm，出材量、材积：m^3）

原木规格		单根	全伐区		平均每 667m² 米		原木规格		单根	全伐区		平均每 667m²	
材长	检尺径	材积	原木数	出材量	原木数	出材量	材长	检尺径	材积	原木数	出材量	原木数	出材量
2.0	30	0.158	351	55.458	1	0.158	2.0	14	0.036	702	25.272	2	0.072
2.0	28	0.138	1053	145.314	3	0.414	中材合计			18181	1676.714	51.7	4.777
2.0	26	0.120	1053	126.360	3	0.360							
2.5	26	0.153	707	107.406	2	0.306	6.0	12	0.105	2106	221.130	6	0.630
3.0	26	0.188	702	131.976	2	0.376	5.6	12	0.095	1755	166.725	5	0.475
大材合计			3861	566.514	11	1.614	5.0	12	0.082	1404	115.128	4	0.328
							4.8	12	0.078	1053	82.134	3	0.234
2.0	24	0.102	702	71.604	2	0.204	3.0	12	0.043	2106	90.558	6	0.258
3.2	22	0.147	702	103.194	2	0.294	6.0	10	0.078	702	54.558	2	0.156
4.0	20	0.160	821	129.168	2.3	0.368	5.2	10	0.064	2106	134.784	6	0.384
4.0	18	0.132	351	46.332	1	0.132	4.4	10	0.051	2106	107.406	6	0.306
3.6	18	0.116	1053	122.148	3	0.348	4.0	10	0.045	2808	126.360	8	0.360
3.0	18	0.093	1053	97.929	3	0.279	6.0	8	0.056	1053	58.968	3	0.168
2.6	18	0.079	1053	83.187	3	0.237	5.4	8	0.048	2106	101.088	6	0.288

续表 6-10

原木规格		单根	全伐区		平均每 667m²		原木规格		单根	全伐区		平均每 667m²	
材长	检尺径	材积	原木数	出材量	原木数	出材量	材长	检尺径	材积	原木数	出材量	原木数	出材量
2.0	18	0.059	1123	66.257	3.2	0.189	4.0	8	0.031	1053	32.643	3	0.093
4.4	16	0.120	1053	126.360	3	0.360	6.0	6	0.0373	2106	78.5538	6	0.2238
4.0	16	0.106	1404	148.824	4	0.424	5.6	6	0.0334	1755	58.617	5	0.167
3.6	16	0.093	702	65.286	2	0.186	5.0	6	0.0280	2457	68.796	7	0.196
2.0	16	0.047	1404	65.988	4	0.188	4.2	6	0.0216	1053	22.744	3	0.0648
6.0	14	0.142	1023	145.266	2.9	0.414	4.0	6	0.0122	2106	25.6932	6	0.0732
5.2	14	0.117	823	96.291	2.3	0.274	小材合计			29835	1545.886	85	4.4048
4.0	14	0.083	1053	87.399	3	0.249							
3.6	14	0.073	1053	76.869	3	0.219	总计			51877	3789.114	147.7	10.7958
3.0	14	0.058	1404	81.432	4	0.232	削片平均 465.8kg/667m²						
2.8	14	0.054	702	37.908	2	0.108	其中：主梢 59.0kg/667m²，侧枝 406.8kg/667m²						

其一，全伐区共有原木 51 877 根、出材量 3 789.114 立方米，其中属于大径材原木 3 861 根，出材量 566.514 立方米；中径林原木 18 181 根，出材量 1 676.714 立方米；小径材原木29 835根，出材量 1 545.886 立方米。大、中、小原木根数比例顺次为 7.44%、35.05%和 57.51%。原木出材量比例顺序为 14.95%、44.25%和 40.80%，说明平均胸径在 24～25 厘米的 I-69/55 杨丰产林内，其出材量仍然以中、小径原木为主导商品材。

其二，按平均每 667 平方米出材量计算，8 年生产商品材原木 147.7 根、10.795 8 立方米，平均年产商品材原木1.349 5立方米。

其三，利用主干梢头木和采伐打枝后取得的侧枝，取其中小头直径(去皮)3 厘米以上的枝条，在现场用削片机切成削片，随即称重统计，主梢部分为 59.0 千克/667 平方米，侧枝部分为 406.8 千克/667 平方米，每 667 平方米共计产削片 465.8 千克。

其四，表 6-10 实际收获实物数值与表 6-9 的预测值相比较，商品原木出材量总产量，实际值(10.7958 立方米/667 平方米)较预测值小(12.016 立方米/667 平方米)，即少了 11.31%。其中大径材原木出材量多了 5.019%，中径材原木出材量多了 3.68%，小径材原木出材量少了 22.34%。这是由于很多立木的树干中上部分在伐倒时被砸碎不能成材所致。也是由于采用立木材积表及原木材积表，两种材积表之间的误差所致。从树干中下部分获得的大径材和中径材数量来看，用材种出材率表预测材种出材量，有一定的参考价值。

其五，削片材的预测值和实测值统计方法不一样，二者不易对比，但采伐后将侧枝也加以利用成为商品材削片，这是一条值得提倡的途径，但其产量由于采伐迹地清场工作实际情况，其中可用削片的产量会有较大浮动而不易准确判定。这里关于削片产量数值只可做一般概念上的参考。

四、丰产林经济效益分析

经济效益是评价各项经济活动的有效尺度和客观标准，也是评价杨树丰产林栽培与经营管理活动的基本原则和科学依据。杨树栽培是一项技术性很强的技术经济活动，是各项配套技术在生产实践过程中推广、应用的具体体现，讲求以尽量少的人力、物力和财力的消耗，取得更多的林木资源和林产品资源，即所谓经济效益最大的准则。经济效益作为一个经济范畴，存在于丰产林经营活动的全过程。

杨树造林提倡集约栽培。笔者在起草中华人民共和国林业行业标准《杨树栽培技术规程》时，提出杨树集约栽培的内容是："在积极应用科学成就和先进经验，改善经营方式和生产工艺的生产实践过程中，不断提高土地的生产能力，在消耗最少的劳动和生产资料的条件下，在单位面积土地上收获更多的产品，是集约栽培的主要内涵和应达到的目标"。这也是杨树栽培的基本方针。

为此，在研究杨树丰产技术的同时，必须探讨经济效益问题以及采用什么样的途径才能达到理想的最大收益。

当前的一些杨树专著，很少涉及经济效益的论述，一些林商业主往往为了某种商业目的而夸大杨树人工林的收获指标，为了能够对此有较正确的理解，更好地指导生产实践，健康地发展杨树丰产林栽培事业，研究其经济效益以及为达到某种丰产指标所进行的每一经营环节，就显得十分重要。在此以安徽省贵池区乌沙林场 3 米×6 米密度 I-69/55 杨丰产林实例加以阐述，其采伐后收获所得商品材原木数量及出材量，详见表 6-10。

(一)投　入

经营期间的成本投入分直接投入和间接投入两部分。

1. 直接成本投入　直接成本投入包括土地租赁费、造林费、经营管理费和采伐费用四部分。按单位面积667平方米计算。

土地租赁费，在江河冲积洲、岛地租费较便宜，每年70元/667平方米。一次付清经营期间租地费用。8年一个经营期，地租费560.00元/667平方米。

造林费包括苗木费和挖穴栽植费，苗木费1.50元一株，规格苗高3.5米，地径2.5厘米，每667平方米造林37株。购苗费55.50元/667平方米。

按规定的株行距定点后挖穴造林，每穴用工费2.00元，每667平方米74.00元。

经营管理按集约经营高标准实施，造林后第一年抹芽、第二年开始至第五年共4年进行修枝，主要费用为用工费及少量工具费用，全经营期间每667平方米需费用180.00元。

施肥与中耕除草同时进行，每667平方米肥料费83.10元，用工费160.00元。

病虫害防治主要是防治蛀干的天牛，除药剂费用外，防治用工有时可与护林结合进行，每667平方米费用70.00元。

护林员工作定额为20公顷丰产林一名护林员，月薪300.00元计，每667平方米每年护林工资12.00元，8年经营期内护林员工资96.00元。

鉴于长江中下游平原降水充沛，地下水位较高，不需专门人工灌溉。

采伐费用主要包括树木伐倒、打枝和造材、清理林场，平均用工10.00元一株包场，370.00元/667平方米。

按上列计算，经营期间直接投入费用为：地租费560.00元/667平方米，造林费148.00元/667平方米，经营管理费589.10元/667平方米，采伐费370.00元/667平方米，总计1 667.10元/667平方米，详见表6-11费用计算表。

上列支出金额按复利率5%计算8年经营期需支出复利费445.53元/667平方米（其中第八年投入费用382.00元不计

表 6-11　丰产林造林及经营管理投入费用计算

单位:元/667 平方米

项　目	投入费用计算说明	每年投入费用(元/667 平方米)								合计
		1	2	3	4	5	6	7	8	
一、土地租赁费	70.00 元/667 平方米 8 年一次付清	560.00								560.00
二、造林费										148.00
1. 定点挖穴	37 穴/667 平方米,2.00 元/穴	74.00								74.00
2. 苗木	1.50 元/株,37 株/667 平方米	55.50								55.50
3. 栽植	0.50 元/株,37 株/667 平方米	18.50								18.50
三、经营管理										589.10
1. 抹芽	第一年实施 20.00 元/667 平方米	20.00								20.00
2. 中耕除草	1～3 年间种,4～7 年中耕,40.00 元/667 平方米・年				40.00	40.00	40.00	40.00		160.00
3. 修枝	2～5 年实施,用工 40.00 元/667 平方米・年		40.00	40.00	40.00	40.00				160.00
4. 病虫害防治	1～7 年实施,10.00 元/667 平方米・年	10.00	10.00	10.00	10.00	10.00	10.00	10.00		70.00
5. 施肥	2、3、4 年实施,复合肥 3.00 元/千克,0.25 千克/株		27.70	27.70	27.70					83.10
6. 护林防火(护林员)	20 公顷配一名护林员,月薪 300.00 元,12 元/667 平方米・年	12.00	12.00	12.00	12.00	12.00	12.00	12.00	12.00	96.00
四、采伐	伐侧、打枝、造树 10.00 元/株,370.00 元/667 平方米								370.0	370.00
五、合计		750.00	89.70	89.70	129.70	102.00	62.00	62.00	382.00	1667.10

注:表中数据为 1995 年价格

利息)。

上列经营期 8 年直接投入经费 1 667.10 元/667 平方米,加上利息费 445.53 元/667 平方米,总计直接成本为 2 112.63元/667平方米,详见表 6-12。

表 6-12 丰产林投入成本统计 (单位:元/667m²)

年份	本金	本金累计	复利
1	750.00	750.00	37.50
2	89.70	839.70	43.86
3	89.70	929.40	48.66
4	129.70	1059.10	55.39
5	102.00	1161.10	60.82
6	62.00	1223.10	64.20
7	62.00	1285.10	67.47
8	382.00	1667.10	67.63
计	1667.10	—	445.53
本利合计 2112.63 元/667m²			

2. 间接成本投入 间接成本投入,主要包括林场固定资产和职工工资,固定资产按折旧年限计算一年平均折旧消耗费用,按全林场经营总面积计算,固定资产折旧消耗费用和职工工资平均每667 平方米及 8 年经营期内的间接投入费用。表 6-13 所列住房、工资等投入总资金按折旧年限及全林场经营面积折算成经营期 8 年每 667 平方米所需间接费用为 19.976 元。

3. 投入总资金 总计上列各项,经营期 8 年每 667 平方米总投入资金为 2 132.606 元。

表 6-13　林场固定资产、职工工资等总额及经营期 8 年每 667 平方米平均费用

项　目	总投入资金（元）	折旧年限	折合全场每年每 667 平方米费用（元）	经营期 8 年每 667 平方米费用（元）
林场办公住房	39323.40	10	0.786	6.288
营林设备	5600.00	8	0.140	1.120
用电设备	12057.50	15	0.163	1.304
修路费	10000.00	10	0.200	1.600
办公费	年 640.00	1	0.128	1.024
职工工资	年 5400.00	1	1.080	8.640
计			2.497	19.976

(二)产　出

1. 原木商品材市场价　通过对安徽省、湖北省、湖南省、江西省 4 省 2007 年 10 月份杨原木市场价(到厂价)调查，取其平均值作为长江中下游沿岸杨木市场价：

表 6-14　原木市场价

原木检尺径(cm)	市场价(元/m^3)
26～30	1100
22～24	900
16～20	800
8～14	600
3～6	360 元/吨

2. 原木产量及产值　按表 6-10 中所列各检尺径平均每 667 平方米的原木数和出材量(原木材积)，按检尺径阶归纳统计于表 6-15，共计原木 147.7 根/667 平方米，10.795 8 立方米/667 平方米。

将各径阶的原木材积乘以原木市场价，即为原木商品材产出值，为7 802.81元/667平方米。

3. 净产值 如前计算：原木商品材产出值7 802.81元/667平方米，8年经营期间总投入2 132.606元/667平方米，二者之差值即为杨树丰产林经营8年后净产值为5 670.204元/667平方米。平均每年净产值为708.775元/667平方米·年。

表6-15 杨原木商品材总收益计算

检尺径	原木数	原木材积	原木市场价（元/m^3）	商品材收益（元/667m^2）
30	1	0.158	1100	173.88
28	3	0.414	1100	455.40
26	7	1.042	1100	1146.20
24	2	0.204	900	183.60
22	2	0.294	900	264.60
20	2.3	0.368	800	294.40
18	13.2	1.185	800	948.00
16	13	1.158	800	926.40
14	19.2	1.568	600	940.80
12	24	1.925	600	1156.00
10	22	1.206	600	723.60
8	12	0.549	600	329.40
6	27	0.7248	360元/吨	260.93
计	147.7	10.7958		7802.81

第七章　长江中下游平原南方型杨人工林生物量和木材性质

一、生 物 量

杨树人工林生物量的内容包括林木的树干、枝条、树叶、树皮诸项，地下部分包括主根、侧根(粗根、中根、细根和绒根)以及根桩。下列数据一部分是笔者与杨志敏博士、汪英桃工程师、朱利场长于1994～1996年在乌沙林场直接选取样木调查分析所得，再一部分取自于安庆市新洲人工林采集样木调查所得，还有一部分收集于南京林业大学徐锡增教授在江苏省睢宁县杨树人工林内研究的成果。

(一)叶面积与叶面积指数

叶面积是单株样木所有叶的面积总和，反映单株树木可接受太阳能的表面积的大小，在乌沙林场选取I-69/55杨样木的叶面积资料列于表7-1和表7-2中，结论如下。

第一，单株叶面积随林分密度增大而减少，呈负相关关系。表7-1中4年生林分，以3米×3米为基准，4米×4米、4米×6米、6米×6米密度林分的单株叶面积顺次大8.38%、47.73%和107.86%。表7-2中8年生林分，以4米×4米为基准，5米×5米和6米×6米密度林分的单株叶面积顺次大5.81%和17.99%。

第二，林分单位面积1平方米所拥有的叶面积即为叶面积指数。按此定义计算出各种密度林分的叶面积指数。从中分析基本规律是：林分密度与叶面积指数呈正相关关系，在密度大的林分中，其叶面积指数亦大，反之，叶面积指数亦小。从表7-1中4年

表 7-1　安徽省贵池区乌沙林场 4 年生 I-69/55 杨单株样木叶面积与叶面积指数

样木组号	1	2	3	4
林分密度(m)	3×3	4×4	4×6	6×6
树高(m)	8.4	8.9	11.4	12.8
胸径(cm)	10.1	13.1	17.7	18.0
实测材积(m^3)	0.0335	0.0594	0.1147	0.1203
叶面积(m^2)	32.68	35.42	48.28	67.93
叶面积比/(%)	100.00	108.38	147.73	207.86
叶面积指数	3.3611	2.2138	2.0117	1.8869
叶面积指数比(%)	100.00	65.86	59.85	56.14

注:每样木组为林分平均木 3 株的平均值

表 7-2　安徽省贵池区乌沙林场 8 年生 I-69/55 杨单株样木叶面积与叶面积指数

样木组号	5	6	7
林分密度(m)	4×4	5×5	6×6
树高(m)	18.6	20.0	25.3
胸径(cm)	16.9	24.5	26.4
实测材积(m^3)	0.1534	0.3376	0.5047
叶面积(m^2)	69.13	73.15	81.57
叶面积比(%)	100.00	105.81	117.99
叶面积指数	3.3987	3.0479	2.7819
叶面积指数比(%)	100.00	89.68	81.85

注:每样木组为林分平均木 3 株的平均值

生林分可知，4 米×4 米、4 米×6 米和 6 米×6 米密度林分的叶面积指数只有 3 米×3 米的 65.86％、59.85％和 56.14％。林龄至 8 年时，从表 7-2 中亦可看出，叶面积指数与林分密度的关系仍然呈正相关关系，但随着林龄的增加，叶面积指数亦有所增加，8 年生比 4 年生同密度林分叶面积指数大约增加 1 左右。在 8 年生不同密度林分中，叶面积指数差距有所减少，5 米×5 米和 6 米×6 米的叶面积指数相当于 4 米×4 米密度林分的 89.68％和 81.85％。

(二)地上部分生物量分配

地上部分生物量由叶、枝条和树干 3 部分组成，其基本规律如下。

其一，树叶生物量随林龄增大而增多，但与总生物量之比则随林龄的增大而减少。

其二，枝条生物量亦随林龄的增大而增多，与总生物量之比亦随林龄的增大而减少。

其三，树干生物量及其与总生长量之比例，都是随林龄的增大而增多。由于主干生物量随林龄的增长而加大，故而树叶和枝条的比例则随之下降。

其四，从表 7-3 至表 7-7 中所列安庆市、睢宁县和贵池区乌沙林场不同林龄的生物量，都是取之于样木实测所得，所列之生物量实际数值因样木所在的立地条件及样木的差异而不能体现出有明显的规律性，表中的数值可以作为不同地区的参考值。

表 7-3　安庆市新洲林场 3 年生南方型杨树地上部分生物量

无性系	标准木号	生物量(kg)				构成比(%)			
		叶	枝条	树干	合计	叶	枝条	树干	合计
I-69/57 杨	1	7.50	16.02	49.38	72.90	10.29	21.97	67.74	100.00
	2	7.34	12.00	44.73	64.07	11.46	18.73	69.81	100.00
	平均	7.42	14.01	47.055	68.485	10.83	20.45	68.72	100.00
I-72/58 杨	3	6.65	7.25	41.25	55.15	12.06	13.16	74.48	100.00
	4	7.43	7.00	37.65	52.08	14.27	13.44	72.29	100.00
	平均	7.04	7.125	39.45	53.615	13.13	13.29	73.58	100.00

表 7-4　睢宁县 3 年生南方型杨树地上部分生物量

栽植密度(m)	品种	生物量(kg)				构成比(%)		
		总生物量	树干	枝条	叶	树干	枝条	叶
6×6	I-69/55 杨	41.8	24.6	10.8	6.4	58.9	25.8	15.3
	I-72/58 杨	34.8	21.2	7.9	5.7	60.8	22.7	16.5
	I-63/51 杨	34.7	20.9	8.2	5.6	60.2	23.6	16.2
5×5	I-69/55 杨	39.8	24.3	9.3	6.2	61.0	23.2	15.8
	I-72/58 杨	41.7	25.0	11.2	5.5	59.9	27.0	13.1
	I-63/51 杨	33.1	19.3	7.6	6.2	58.4	22.8	18.8
4×4	I-69/55 杨	37.2	25.2	4.3	7.7	67.8	20.0	12.2
	I-63/51 杨	24.2	14.8	3.3	6.1	61.1	23.0	15.9

表 7-5 睢宁县 9 年生南方型杨树地上部分生物量

无性系	栽植密度(m)	生物量(kg)				构成比(%)		
		总生物量	树干	枝条	叶	树干	枝条	叶
I-69/55 杨	4×4	190.8	160.3	21.2	8.2	84.0	11.7	4.3
	5×5	296.5	242.8	43.3	10.4	81.9	14.6	3.5
	6×6	360.1	279.8	69.1	11.2	77.7	19.2	3.1
	7×7	378.5	295.6	69.3	13.6	78.1	18.3	3.6
I-72/58 杨	4×4	206.1	177.5	22.5	6.2	86.1	10.9	3.0
	5×5	351.2	281.1	56.8	13.3	80	16.2	3.8
	6×6	437.5	350.9	73.1	13.3	80.2	16.7	3.1
	7×7	440.2	315.2	110.5	14.5	71.6	25.1	3.3
I-63/51 杨	4×4	167.2	144.1	18.4	4.7	86.2	11.0	2.8
	5×5	230.6	196.2	29.7	4.6	85.1	12.9	2.0
	6×6	295.0	239.8	49.9	5.3	81.3	16.9	1.8
	7×7	330.0	264.3	58.1	7.6	80.1	17.6	2.3

表 7-6 贵池区乌沙林场 I-69/55 杨树单株生物量

样本号	林龄（年）	密度（m）	重量（kg）	地上部分					地下部分				总计	主干重量（kg/m³）
				树干	皮	枝	叶	合计	主根	侧根	根桩	合计		
1	4	3×3	鲜重	30.10	6.08	10.00	2.89	49.07	0.86	17.90	9.80	28.56	77.63	898.51
			干重	15.25	2.54	5.04	1.13	22.96	0.19	4.01	4.73	8.93	31.89	455.22
2	4	4×4	鲜重	55.00	11.38	22.50	4.71	93.59	1.00	35.50	11.50	48.00	141.56	929.93
			干重	27.87	4.59	11.34	1.84	45.64	0.22	7.94	5.48	13.64	59.28	469.19
3	4	4×6	鲜重	107.63	19.48	25.46	10.36	162.93	1.32	46.30	20.30	67.92	230.85	938.36
			干重	59.19	7.89	12.10	3.44	82.62	0.28	10.33	9.64	20.25	102.87	516.04
4	4	6×6	鲜重	113.11	20.16	27.71	11.22	172.20	1.47	58.70	31.20	91.37	263.57	940.23
			干重	61.99	8.79	23.36	4.41	98.55	0.34	13.79	14.32	28.45	127.00	515.30
6	8	5×5	鲜重	236.00	32.10	86.03	20.92	375.05	1.38	30.00	84.00	115.38	490.43	878.94
			干重	117.57	12.05	42.59	8.11	180.32	0.28	6.24	32.96	39.48	219.80	478.23
7	8	6×6	鲜重	509.50	69.30	122.40	51.64	752.84	2.38	85.00	45.00	132.38	885.22	942.30
			干重	272.68	27.72	64.56	20.25	385.21	0.61	21.57	21.61	43.79	429.00	504.31

注：表 7-1、表 7-2 及本表中的样木是同一株样木

表 7-7　贵池区乌沙林场 I-69/55 杨单株生物量各部分分配比例(%)

样木号	林分密度(m)	林龄(年)	地上部分					地下部分			
			树干	皮	枝	叶	计	主根	侧根	根桩	计
1	3×3	4	61.34	12.39	20.38	5.89	100.0	3.01	62.68	34.31	100.0
2	4×4	4	58.77	12.16	24.04	5.03	100.0	2.08	73.96	23.96	100.0
3	4×6	4	66.06	11.96	15.63	6.35	100.0	1.94	68.17	29.89	100.0
4	6×6	4	65.69	11.71	16.09	6.51	100.0	1.61	64.24	34.15	100.0
6	5×5	8	62.92	8.56	22.94	5.58	100.0	1.20	26.00	72.80	100.0
7	6×6	8	67.68	9.21	16.25	6.86	100.0	1.80	64.21	33.99	100.0

(三)地下部分生物量分配

地下部分生物量包括主根、侧根(粗根、中根、细根、绒根)和根桩。

根据贵池区乌沙林场、安庆市新洲林场和睢宁县南方型杨树林的根系调查结果,根系分配有以下规律。

1. 主根生物量　主根生物量很少,为 0.86～2.38 千克,约占地下部分生物量的 1.2%～3.01%。侧根生物量17.90～85 千克,约占地下部分生物量的 26%～73.96%。由于每年洪水泥沙淤积,树干埋入土中而成为根桩(兜),其生物量 9.80～84 千克,约占地下部分的 23.96%～72.8%。地下根系各部分数量和比例,因林龄和立地条件不同而有较大差异。但主根在整个林木生长过程中不再生长,侧根发达,因此主根生物量比例很少,这是杨树根系分布的基本特征(表 7-6、表 7-7)。

2. 侧根生物量　在侧根中,大于 26 厘米的粗根占 54.19%～67.44%,1～2 厘米的中根占 8.56%～13.5%,小于 1 厘米的细根占2.08%～3.42%，绒根占21.92%～28.89%。由于绒根比重较大，杨树吸收土壤中的养分和水分能力较强，这也是杨树速生的主要因素之一（表7-8）。

表7-8 安庆市新洲林场3年生南方型杨树侧根生物量(kg)及比例(%)

无性系	粗　根(＞26cm)	中　根(1～2cm)	细　根(＜1cm)	绒　根	合　计
I-69/55杨	26.00	3.30	0.80	8.45	38.55
比重%	67.44	8.56	2.08	21.92	100.0
I-72/58杨	15.85	3.95	1.00	8.45	29.25
比重%	54.19	13.50	3.42	28.89	100.0

3. 根系在土壤中的垂直分布　根据睢宁县杨树林内调查，根系主要分布于0～20厘米处，约占全根系生物量的69.29%～78.6%，在深层土壤中（60厘米以下）分布数量很少，占5.2%～10.9%（表7-9）。

表7-9 睢宁县南方型杨树4年生根生物量及其分布

（栽植密度：6m×6m）

无性系	总生物量(kg)	各土壤层次根系生物量所占比例(%)					
		0～20 cm	20～40 cm	40～60 cm	60～80 cm	80～100 cm	合计
I-72/58杨	7.8	76.6	14.1	0.4	8.9	—	100.0
I-69/55杨	8.6	78.6	7.1	3.4	10.9	—	100.0
I-63/51杨	5.6	69.2	12.7	5.7	5.2	7.2	100.0

注：不包括根桩生物量

根据在贵池区乌沙林场调查，主根主要分布于0.3～0.8米，侧根分布于0.3～0.9米，极少有分布于1.25米。但侧根长度大多在6米和6米以上，甚至长达10米(表7-10)。

表7-10 贵池区乌沙林场I-69/55杨树主侧根分布状况

样木号 No	主根深度 (m)	侧根深度 (m)	侧根最大长度 (m)	侧根数量 (条)
1	0.32	0.30	6.00	3
2	0.80	0.90	6.35	5
3	0.60	0.90	6.25	5
4	0.62	0.85	6.40	5
6	0.60	1.25	6.00	6
7	主根深0.55m 淤积3.40m	与主根成10°角向上生长	2.40	按淤积分三层 每层4～8根计21根

这些数据说明了杨树浅根性的根系分布特点。杨树除埋入土中的树干成为根桩外，主根极不发达或近无，侧根长而发达，主要分布浅层40厘米以上，绒根数量多而发达，有利于吸收土壤养分，有利于林木速生。

(四)总生物量分配

1. 地上部分生物量 占总生物量的比例较大，为63%～85%，随着林龄的增大，地上部分比例略有增大，从表7-11中看出，4年生地上部分生物量为63%～70%，8年生则高达76%～85%，这是由于树干生物量随林龄增大而比例增大所致。

2. 林木树干重量 从贵池区乌沙林场测算所得，1立方米木材的鲜重量大致在879～942千克，其干重大致是455～516千克，这一数据可以作为商品原木经营工作参考(表7-11)。

表 7-11　贵池区乌沙林场 I-69/55 杨树单株生物量各部分分配比率(%)

样木号	密度(m)	林龄(年)	地上部分					地下部分				总计
			树干	皮	枝	叶	合计	主根	侧根	根桩	合计	
1	3×3	4	38.77	7.83	12.88	3.72	63.20	1.12	23.06	12.62	36.80	100
2	4×4	4	38.85	8.04	15.89	3.32	66.10	0.70	25.08	8.12	33.90	100
3	4×6	4	46.62	8.44	11.03	4.49	70.58	0.58	20.06	8.79	29.42	100
4	6×6	4	42.91	7.56	10.51	4.26	65.33	0.56	22.27	11.84	34.67	100
6	5×5	6	48.12	6.55	17.54	4.27	76.48	0.28	6.11	17.13	23.52	100
7	6×6	6	57.56	7.83	13.83	5.83	85.05	0.27	9.60	5.08	14.95	100

二、南方型杨木材性质

(一)木材构造

杨属木材易受菌虫危害，但因品种的不同，略有差异，杨木纹理通直，结构细而均匀，因胶质纤维存在，解锯时常发生夹锯现象，刨面易起毛，不耐腐、不抗虫蛀，属散孔材至半散孔材。导管、木射线、纤维、轴向薄壁组织是构成杨属木材的主要细胞。所含木材的组织比率：导管 22.2%～36.0%，木射线 6.1%～11.4%，纤维 52.8%～67.3%，轴向薄壁组织 0.1%～0.7%。I-69/55 杨则是：导管 30%，木射线 10.3%，纤维 59.3%(其中正常纤维 51.1%，胶质纤维 8.2%)，轴向薄壁组织 0.4%。

杨属木材的导管和纤维细胞壁薄、胞腔大，木材的密度低，人工林杨树较天然林杨树更低。杨木的多孔性，对木材防腐、制浆、漂白都十分有利，同时因其多孔性，亦使虫菌易于进入，这也是杨木易感菌病、虫害和腐朽变质的原因之一。

杨属材性的变异性大，主要表现在种间、无性系间、株间、不同树龄、树干的不同部位以及不同的营林措施等方面。

I-69/55 杨树干不同高度的纤维长度的变化情况及与其他树种的对比列于表 7-12。

从表 7-12 数据可得如下结论。

第一，I-69/55 杨及其他 5 种杨树，纤维长度以树干下部优于树干中、上部，其中以树干上部最差。I-69/55 杨纤维长度，中部较下部短 15.4%，上部较下部短 19.2%。

第二，在表列 6 种杨树中，纤维长度 I-69/55 杨普遍优于银白杨、钻天杨、苦杨和大叶杨，只有胡杨树干的中、上部稍大于 I-69/55 杨。说明 I-69/55 杨的纤维长度是较为理想的。

表 7-12　I-69/55 杨及其他 5 种杨树干不同高度纤维长度变化(μm)

树种名称 \ 树干部位	下部	中部	上部
I-69/55 杨	1210.3	1023.9	978.3
银白杨	1186.1	1101.8	1030.2
钻天杨	929.1	917.9	802.9
胡杨	1190.8	1161.1	1055.4
苦杨	952.0	848.4	767.8
大叶杨	1077.1	1069.7	1008.1

纤维长度亦因树龄的不同而有变化。表 7-13 所列不同树龄的纤维长度，表明：

第一，I-69/55 杨及小钻杨、小青杨的纤维长度都是随林龄的增大而增大。以树龄 3 年为准，I-69/55 杨至第八年时，纤维长增长 49%。

第二，在相同树龄中，I-69/55 杨的纤维长度都大于小钻杨及小青杨。

表 7-13　I-69/55 杨、小钻杨、小青杨不同树龄纤维长度(μm)

杨树品种＼树龄	1	2	3	4	5	6	7	8	9
I-69/55 杨	767.4	885.6	1038.7	1142.3	1309.8	1456.9	1538.9	1543.0	
比值(%)	73.88	85.27	100	110	126	140	148	149	
小钻杨			726		832		960		1030
比值(%)			100		114		132		142
小青杨			589		747		728		824
比值(%)			100		127		124		140

杨树木材纤维主要用于制浆和造纸，影响浆粕质量和纤维强度的因子主要有纤维长度、离散系数、分布频率、纤维构造及纤维次生壁微纤丝角等。而纤维长度不但能提高纸张撕裂度，而且有利于纸张的抗拉强度、耐破度和耐折度，因而纤维长度是衡量制浆造纸用材优劣重要因子之一。表 7-14 是 I-69/55 杨幼龄材纤维长度对纸张强度的影响数据，在选择 I-69/55 杨作为制浆造纸用材时可作参考。

纤维细胞壁厚度与纸张性能关系不大，但胞壁厚度与腔胞直径之比(壁腔比)对纸张性能有很大影响。壁腔比小的纤维难以结合形成纸页，强度低。纸张强度的大小除受纤维形态优劣控制外，亦受微纤丝角大小的影响，微纤丝角小则纸张强度大，反之，则纸张强度小。表 7-15 是 3 种南方型杨树及 I-214 杨、沙兰杨、山海关杨、毛白杨、胡杨、小钻杨、小青杨的纤维形态。从表中所列数据可以看出，I-69/55 杨、I-72/58 杨、I-63/51 杨 3 种南方型杨树的平均纤维长度都优于表列其他 5 种杨树，只有毛白杨、沙兰杨与之比较接近，其他各项除不及毛白杨外，都优于其他 6 种杨树。由此可以认为，在长江中下游平原仍然应提倡 3 种南方型杨的造林，不能因

表 7-14　I-69/55 杨幼龄材纤维长度对纸张强度的影响

纤维长度 (μm)	打浆度 °SR	定　量 (g/m^2)	厚　度 (mm)	表观密度 (g/cm^2)	抗张指数 (N·m/g)	耐破指数 (kpa·m^2/g)	撕裂指数 (mN·m^2/g)	耐折度 (双折次)
680	37.0	49.5	0.113	0.44	33.9	2.3	4.6	7
710	33.5	49.9	0.109	0.44	35.2	2.1	4.9	6
810	45.0	47.9	0.109	0.44	37.9	2.3	4.9	8
830	41.5	48.9	0.113	0.43	36.1	2.4	4.8	7

为有了新品种而放弃。

表 7-15　南方型杨等 10 种杨树木材纤维形态

树种名称	平均纤维长度(μm)	平均纤维宽度(μm)	长宽比	平均双壁厚(μm)	平均胸径(cm)	壁腔比	平均导管长度(μm)
I-69/55 杨	1171	27.7	43.0	4.80	22.8	0.22	
I-72/58 杨	1206	30.6	40.0	5.59	25.1	0.22	
I-63/51 杨	1145	26.2	44.0	4.60	21.6	0.21	
I-214 杨	1025	24.4	42.6	4.50	14.8	0.30	580
沙兰杨	1142	19.0	60.1	—	—	—	
山海关杨	910	22.6	40.2	5.21	16.9	0.29	
毛白杨	1180	21.0	56.2	4.83	13.0	0.37	640
胡杨(天然林)	767	21.3	36.0	9.80	9.7	1.01	—
小钻杨	996	26.6	37.5	6.38	20.2	0.32	
小青杨	850	15.5	54.8	4.80	—	0.47	—

(二)木材化学成分

纤维素是木材细胞壁的主要成分,约占杨树木材全量的 40%～50%以上,由碳(44.2%)、氢(6.3%)、氧(49.5%)3 种化学元素组成。无味无臭,不溶于水,可溶解于 72%的硫酸、41%的盐酸和 85%的磷酸。根据方升佐教授研究,I-69/55 杨木材纤维素含量在 40.97%～44.2%之间。纤维素从木材中提纯并保存在天然状态下比较困难,只能将木粉做成无定向的粉末薄片,固定在 X-射线衍射仪的支架上,从而求出纤维素的相对结晶度。如表 7-16 所示就是 3 种南方型杨树和 I-214 杨、毛白杨的纤维素相对结晶度和微纤丝角。通常随着纤维素结晶度的增加,纤维的抗张强度、弹性模量、硬度、密度及尺寸的稳定性等均随之增加;而保水值、伸长率、染料吸着度、润张度、柔软性及化学反应性则随之减少。因此，了解纤维素的相对结晶度对于林副产品的利用和造纸等都具有实际意义。表 7-16 所列相对结晶度和微纤丝角，I-72/58 杨、I-63/51 杨较高于 I-214 杨及毛白杨，I-69/55 杨则较低。

表 7-16 I-69/55 杨等杨树木材纤维素的相对结晶度及微纤丝角

项目	I-69/55 杨	I-72/58 杨	I-63/51 杨	I-214 杨	毛白杨
相对结晶度(%)	50.9	60.2	55.2	54.5	54.9
微纤丝角(度)	17.6	23.2	26.0	19.4	21.5

杨属木材的主要化学成分，除纤维素外还有半纤维素和木素，杨树木材半纤维素占全量的 25%～35%，木素一般含量在 30%以下。

杨属木材的次要化学成分含量主要为浸提物。木材浸提物包含多种类型的有机化合物，其中常见的有多元酚类、萜类、树脂酸类、脂类和碳水化合物等。木材的化学组成变化很大，由边材转化为心材时，边材射线薄壁细胞的死亡和心材形成同时发生，在木材侵填体形成、贮藏的淀粉耗尽时，木材的酸度常常向树木中心渐增。木材酸性的大小用 pH 值表示，它反映木材氢离子浓度的大小。阔叶树木材多偏酸性，杨树木材近于中性。表 7-17 是一些杨树木材的 pH 值。其中 3 种南方型杨树木材呈微酸性至中性，边材为 pH 值 5.91～5.96，心材 pH 值 6.23～6.88。

表 7-17 3 种南方型杨树及其他杨树木材 pH 值

树种	I-63/51 杨	I-69/55 杨	I-72/58 杨	毛白杨	沙兰杨	山杨	大青杨	青杨	小叶杨
边材	5.96	5.91	5.95	6.20	6.16	4.99	5.76	6.03	5.13
心材	6.88	6.23	6.47	6.24	7.16	5.16	8.67	7.72	5.30

杨树木材化学成分与木材利用关系密切，表 7-18 是 I-72/58 杨、I-63/51 杨、I-69/55 杨的木材化学成分(%)。

表 7-18 3种南方型杨木材化学成分(%)

树种	灰分	浸提物				木素	酸溶木素	多缩戊糖	综纤维素
		冷水	热水	1%氢氧化钠	苯-乙醇				
I-72/58杨	0.47	—	3.29	19.07	1.74	23.40	3.87	24.43	79.22
I-69/55杨	0.52	—	2.56	20.84	2.14	24.52	2.38	23.76	79.98
I-63/51杨	0.42	—	2.14	23.71	1.84	24.82	2.39	26.87	80.60

(三)木材物理力学性质

木材物理性质,指既不改变木材化学组成,又不破坏试样的原有尺寸即可测得的性质。许多工业部门对木材需求的选择,均有赖于木材物理性质所测得的数据。木材物理性质包括木材水分、木材密度、干缩、膨胀、导热、导电、吸湿、透水、透气和对电磁波的透射、对液体的渗透等。杨属木材最为重要的物理性质系木材水分和密度等。

木材力学性质是木材抵抗外力作用的性能。木材力学性质包括木材弹性、塑性、蠕变、抗弯强度、抗压强度、抗拉强度、抗剪强度、冲击韧性、抗劈力、扭曲强度,硬度和摩擦等。对于杨木来讲,在经营期间加强合理修枝作业,能提高所生产的木材的力学性质。

木材水分变化情况,通常用木材含水率表示。杨树的纤维饱和含水率因品种而异,大致在23%~31%,通常以25%作为平均值,南方型杨树较多,约在30%。对于刚伐倒树木的含水率称之为生水含水率,随季节变化而变化。I-69/55杨4年至8年生夏季伐倒木树干的含水率在45%~49%。木材气干含水率随周围空气状态而变化,如果木材实际含水率小于气干材含水率,木材则呈吸湿状态,反之,木材呈蒸发状态。长江中下游平原湿度较大,各月相对湿度在73%~79%,木材在较长期存放的情况下,木材含水率往往大于气干含水率。

木材密度是木材性质的一项重要指标，木材密度的大小，受多种因素的影响。主要有：木材含水率的大小，细胞壁的厚薄、年轮的宽窄，纤维比率的高低，浸提物含量的多少，树干部位和树龄、立地条件、营林措施等，杨树木材气干密度在 0.544 克/立方米，沙兰杨为 0.338 克/立方米，小叶杨为 482 克/立方米，I-69/55 杨为 0.39～0.41 克/立方米。

根据柴修武对 39 种杨树木材试验，木材顺纹抗压强度在 20.58～42.28 兆帕，其中以响叶杨、毛白杨、I-69/55 杨、新疆杨最大。木材抗弯强度以毛白杨、新疆杨、响叶杨、加杨、I-69/55 杨为最大。杨树木材的冲击韧性与其他树种木材相比，在木材密度、含水率和其他条件相同的情况下杨树冲击韧性一般，I-69/55 杨亦然，详见表 7-19。

(四)营林措施对树木材性的影响

1. 灌溉对杨树材性的影响 灌溉是供给树木生长所需要的水分的重要措施，供水数量的变化不仅影响树木生长速度，也影响木材性质。柴修武教授在 3 米×6 米的 I-69/55 杨林内，采用滴灌管导系统进行计量灌溉，以天然灌溉作为对照，天然降水加人工计量灌溉作为一级灌溉，天然降水加两倍人工计量灌溉作为二级灌溉，测试不同灌溉量对树木材性的影响。

(1)木材纤维长度的变化 在不同灌溉条件下，I-69/55 杨材积增长差别较大，与对照（天然降水）相比，1 年生林分一级灌溉材积增长 23.1%，二级灌溉增长 41.0%，4 年生林分相应增长 18.1%和 32.0%。也就是说由于灌溉水量的增大，单位面积林分木材材积增加了，即木材纤维量增加了。但灌溉对纤维长度没有影响，如表 7-20、表 7-21。年轮越靠近髓心处，其纤维长度越短，细小纤维百分含量越高。这是一个值得重视的问题，说明用超短轮伐期培育纤维材时，所培育的木材的纤维长度较短，不利于做造纸纸浆。林龄达 4 年时，纤维长度有明显增大。因此，培育短轮伐

表 7-19 杨树木材物理力学指标

树种	试材采集地	气干密度(g/cm²)	干缩系数(%)			顺纹抗压强度(MPa)	抗弯强度(MPa)	抗弯弹性模量(MPa)	顺纹抗剪强度(MPa)		横纹抗剪强度(MPa)		顺纹抗拉强度(MPa)	冲击韧性(kJ/m²)	硬度(N)			抗劈力(N/mm)	
			径向	弦向	体积				径向	弦向	径向	弦向			端面	径面	弦面	径面	弦面
响叶杨	安徽东至	0.479	0.129	0.240	0.390	40.28	72.03	9408	7.94	9.70	6.37	3.72	76.05	53	337.4	282.5	301.8	107.8	137.2
	贵州天柱	0.505	0.182	0.277	0.492	44.4	85.81	10787	7.65	8.72	7.78	3.92	96.70						
I-63/51 杨	陕西凤县	0.486	0.162	0.281	0.475	41.88	78.06	11376	9.32	7.16	6.37	4.80							
		0.364				34.89	61.94												
I-69/55 杨	山东莒县	0.410				37.04	69.38							58	3226	2216	2030		
	安徽宿县	0.446	0.128	0.262	0.420	28.20	63.70	8000	6.50	8.30					2961	2216	2363		
		0.472	0.136	0.264		30.70	65.70	6890	7.49	9.61									
I-214 杨	河南洛宁	0.395	0.112	0.243	0.381	28.22		8624	5.49	9.96	3.63	2.35	77.71	44	2200	1489	1614	12.6	13.4
	山东茌平	0.416	0.117	0.246		27.90	61.40	5930						38	2236	1853	1843		
沙兰杨	河南洛宁	0.376	0.122	0.231	0.381	27.54	54.96	8036	5.78	7.25	2.94	1.96	79.48	47	2056	1387	1461	11.2	14.9
	辽宁营口	0.386				23.63	39.22	6178	4.41	5.59									
中林 46 杨	河北保定	0.392	0.107	0.246		25.90	57.90	6110							2461	1510	2000		
山海关杨	山海关	0.523	0.150	0.319	0.508	32.85	70.31	9512	8.13	10.29					2873	2806	2510	1471	1814
毛白杨	北京海淀	0.535	0.142	0.229	0.458	38.22	77.03	10192	7.35	9.41	6.08	3.40	91.63	77	3738	3085	3152	11.5	13.5
	河南郑州	0.302	0.131	0.285	0.432	39.32	74.81	9218	7.45	9.90	7.45	3.72			3886	3433	3318		
小叶杨	甘肃洮河	0.417	0.189	0.273	0.432	31.26	59.09	7938	5.68	7.35	4.02	2.35	82.22	48	2777	1778	1922	8.1	10.0
	青海	0.369	0.105	0.244	0.364	27.65	51.97	6865	4.41	5.98	4.12	2.06	74.53		2605	1384	1499		

续表 7-19

树种	试材采集地	气干密度(g/cm²)	干缩系数(%)			顺纹抗压强度(MPa)	抗弯强度(MPa)	抗弯弹性模量(MPa)	顺纹抗剪强度(MPa)		横纹抗剪强度(MPa)		顺纹抗拉强度(MPa)	冲击韧性(kJ/m²)	硬度(N)			抗劈力(N/mm)	
			径向	弦向	体积				径向	弦向	径向	弦向			端面	径面	弦面	径面	弦面
小黑杨	北京顺义	0.428	0.141	0.271	0.436	33.52	62.62	8526	6.37	7.35	4.12	2.84	76.83	25	2739	1653	1980	9.4	10.6
群众杨	北京顺义	0.390	0.117	0.237	0.397	28.13	57.62	7154	5.78	7.25	4.12	2.84	79.58	25				9.0	10.9
	北京海淀	0.525	0.142	0.289	0.458	38.24	77.08	10199	7.35	9.41	6.08	3.43	91.69		3770	3086	3154		
毛新杨	北京海淀	0.445	0.126	0.269	0.419	30.77	62.92	8134	6.57	9.02	5.00	2.94	90.94	53	2921	2104	2114	10.6	13.7
新疆杨	新　疆	0.542	0.135	0.319	0.475	36.46	72.42	9212	7.55	10.88	6.76	4.12		77	4084	3402	3344	17.3	22.3
加　杨	河南郑州	0.458	0.141	0.268	0.430	32.93	71.44	11172	6.57	7.74	4.80	2.84	112.01	81	2383	1787	1854	14.3	16.6
	安徽宿松县	0.500				32.95	70.12	7649	6.47	8.73	4.80								
青　杨	甘肃天水	0.452	0.132	0.255	0.400	35.38	65.37	8330	5.59	8.86	4.21	2.84	72.42	43	3296	1942	2162	16.6	13.6
	青　海	0.352	0.100	0.248	0.363	25.60	47.86	6742	4.20	5.69	3.43	4.86	73.94						
山　杨	吉林抚松	0.477	0.162	0.323	0.502	31.16	69.78	12504	6.37	8.13	4.61	2.74	104.57	55	3065	1960	2268	14.7	10.7
	黑龙江带岭	0.364	0.144	0.273		30.70	54.82	5884	4.90	6.57	3.24	2.26							
胡　杨	新　疆	0.469	0.118	0.290	0.431	28.42	61.35	6762	6.47	8.82	6.37	3.33		38	3421	2230	2441	13.3	16.3

表 7-20　灌溉对纤维长度的影响

灌溉条件	天然降水(对照)				一级灌溉				二级灌溉			
年　轮	1	2	3	4	1	2	3	4	1	2	3	4
观测样本数	8298	4207	8165	8402	13488	14179	8145	8907	15175	8874	8486	9186
算术平均值(mm)	0.45	0.58	0.60	0.75	0.46	0.52	0.59	0.75	0.42	0.54	0.65	0.76
重量平均值(mm)	0.51	0.69	0.85	0.89	0.53	0.58	0.71	0.89	0.55	0.64	0.76	0.89
二重重量平均值(mm)	0.61	0.83	1.06	1.08	0.63	0.70	0.80	1.12	0.88	0.79	0.88	1.05
细小纤维(<0.2mm)含量(%)	22.98	8.74	5.39	3.83	27.52	13.14	10.88	3.96	53.68	11.30	6.02	2.26

表 7-21　纤维长度的方差分析及方差分量

变异来源	自由度	算术平均值		重量平均值		二重重量平均值	
		F	分量值/(%)	F	分量值/(%)	F	分量值/(%)
生长龄	3	65.88②	0.0173/94.5	45.51②	0.0239/92.6	5.89①	0.0225/62.0
灌溉条件	2	2.00NS③	0.0002/1.1	1.75NS③	0.0003/1.2	0.76NS③	0/0
误差	6		0.0008/4.4		0.0016/6.2		0.0138/38.0

注:①差异显著;②差异极显著;③NS差异不显著

纤维林,林龄以4年及4年以上为好。

(2)化学成分的变化　从表7-22看出,将3个不同灌水试验相互比较,综纤维素差别不大,但灰分、各浸提物以及多缩戊糖含量等一、二级灌溉区大都低于天然降水。这说明灌溉后的I-69/55杨中非纤维素杂质含量低,对制浆造纸是有利的。

表 7-22　木材化学成分　(%)

试验处理	水分	灰分	冷水浸提物	热水浸提物	1%氢氧化钠浸提物	苯-乙醇浸提物	Kloson木素	多缩戊糖	综纤维素
天然降水	6.20	0.56	0.73	1.97	18.11	1.33	21.35	27.05	79.96
一级灌溉	5.25	0.45	0.48	1.82	18.15	1.14	21.67	26.84	80.21
二级灌溉	7.02	0.56	0.58	1.48	18.86	1.15	21.42	25.47	79.16

(3)制浆和浆张物理性质变化　制浆选用化学机械浆(CMP)制浆法。化学处理→磨浆→漂白三工序统一处理程序如表7-23

表 7-23　CMP 制浆程序

1. 化学处理					2. 磨浆						3. 漂白			
药液浓度（%）	液比	最高蒸煮温度（℃）	时间（h）		磨盘间隙与磨浆浓度（mm）（%）						漂白条件			漂白药品用量（%）
			升温	保温	第一道磨浆	磨浆浓度	第二道磨浆	磨浆浓度	第三道磨浆	磨浆浓度	漂白浓度（%）	漂白温度（℃）	漂白时间（h）	硅酸钠 硫酸镁 氢氧化钠
硫酸钠 5 氢氧化钠 2	4.1	150	2.5	0.5	0.7	10	0.04	20	0.04	20	15	60	2	5 0.05 2 过氧化氢 1.5

注：漂白（开时）pH 值 11.5

所列。

制浆特征和浆张的物理性质，3种不同灌溉的I-69/55杨木材制浆造纸结果(表7-24及表7-25)表明，由于所采试材的幼林材颜色较为一致，未漂浆的白度均很高。灌溉的I-69/55杨木材磨浆后的打浆度、纤维重量平均长度、漂白浆的抗张指数、未漂浆的抗张指数等稍低于天然降水对照区。其他浆张的物理性质相近或略有降低。但用灌溉后的I-69/55杨木浆配抄新闻纸，并不影响印刷和使用。

表7-24　化学机械(CMP)制浆特征

项　目	化学处理后得率(%)	废液中硫酸钠含量(g/l)	磨浆后打浆度(°SR)	磨浆后纤维重量平均长度(mm)	未漂浆白度(%)	漂浆白度(%)
天然降水	93.7	3.6	44	0.62	53.3	68.4
一级灌水		3.5	40	0.60	54.3	68.5
二级灌水	93.3	3.5	41	0.59	53.0	68.9

(4)木材物理力学性质的变化　在3种灌溉条件下，I-69/55杨木材物理力学性质的测定结果列入表7-26，从表中看出，木材密度、抗弯强度和抗弯弹性模量三项指标受供水条件的影响最大。灌溉与天然降水之间的差异极其显著，两种灌溉条件之间的差异不显著。其他各项指标随灌溉条件的改善均呈明显下降的趋势，但未达到差异显著的水平。

综上所述，灌溉在增加木材产量的同时，也降低了木材密度、抗弯强度、抗弯弹性模量等物理力学性质。因此，在培育建筑用材林时，应在考虑培育目的和经济效益的前提下决定灌溉量。不应认为灌溉量越多越好，更不能任其自然，不重视灌溉，应因地制宜，因季节制宜，因培育目标制宜，科学灌溉。

表 7-25　浆张物理性质

试验处理	未漂白浆								漂白浆						
	打浆度（°SR）	定量（g/m^2）	厚度（mm）	表观密度（g/cm^3）	抗张指数（N·m/g）	耐破指数（kPa·m^2/g）	撕裂指数（mN·m^2/g）	耐折度（双折次）	定量（g/m^2）	厚度（mm）	表观密度（g/cm^3）	抗张指数（N·m/g）	耐破指数（kPa·m^2/g）	撕裂指数（mN·m^2/g）	耐折度（双折次）
天然降水	44	49.7	0.123	0.40	28.3	2.0	3.4	4	50.0	0.110	0.45	33.1	2.4	4.6	8
一级灌溉	40	49.7	0.125	0.40	25.3	1.8	3.9	5	49.3	0.110	0.45	30.0	2.0	4.5	6
二级灌溉	41	49.7	0.125	0.40	26.8	2.0	3.9	6	49.0	0.113	0.43	31.1	2.4	4.2	6

表 7-26　3 种灌溉条件下的 I-69/55 杨木材物理力学性质比较

灌溉处理	株数	树龄	平均胸径 (cm)	密度 (g/cm^3)	干缩系数(%)			顺纹抗压强度 (MPa)	抗弯强度 (MPa)
					径向	弦向	体积		
天然降水	4	4	15.1	0.446	0.120	0.262	0.420	28.2	63.7
一级灌溉	4	4	17.0	0.418	0.126	0.261	0.416	27.9	57.7
二级灌溉	4	4	17.6	0.415	0.128	0.256	0.418	27.0	57.9

灌溉处理	抗弯弹性模量 (MPa)	顺纹抗剪强度(MPa)		冲击韧性 (kJ/m^2)	硬度(N)		
		径面	弦面		端面	径面	弦面
天然降水	8000	6.5	8.3	59.1	3290	2260	2070
一级灌溉	6500	6.4	7.5	58.6	2810	1950	1900
二级灌溉	6700	6.0	7.6	58.1	3160	2230	2130

2. 施肥对杨树木材性质的影响　林地施肥的目的在于满足杨树生长发育所需营养元素，以求在短期内能获得较多的林木生长量和所期望的良好材质的木材。柴修武研究员对此进行了定位研究。在 I-69/55 杨人工林中实施两种施肥方案和不施肥对照。第一种施肥处理为氮肥 250 克/株加有机肥 2 500 克/株，第二种施肥处理为磷肥 1 500 克/株加钾肥 50 克/株。连续定位观测 8 年，并用科学方法测定微纤丝角、纤维素的相对结晶度和木材物理力学性质。在采用肥料中，氮肥系含氮 46%的尿素，磷肥系含五氧化二磷 7.2%的过磷酸钙，钾肥系含氧化钾 60%的氧化钾，有机肥系含氮 5.12%、五氧化二磷 2.68%、氧化钾 1.48%的菜籽饼。林地第八年时与对照相比，林木生长量增长为：第一施肥方案胸径 23%、树高 15%、材积 70%；第二施肥方案胸径 5%、树高 2%、材积 13%。对不同施肥条件下的林木测定的木材材性如下。

(1) 纤维长度　两种施肥方案的纤维长度均低于未施肥处

理，而第一种方案又略低于第二种方案。纤维长度与林木生长速度呈弱度负相关，差异不显著(表 7-27)。3 种不同施肥的 I-69/55 杨的纤维长度径向变异状况符合“树干的任何断面、纤维长度均以髓心向外，随年轮递增依次增加，直至达到最大长度而呈现近似固定状态”的规律(表 7-28)。从髓心向外，年轮间纤维长度变异达差异显著水平。纤维长度沿树干高质轴向变异，尽管施肥处理不同，纤维长度均是随树干高度而变短，且变化差异达显著水平(表 7-29)。

表 7-27　纤维形态　(单位：μm)

施肥处理	纤维长度			纤维宽度	壁厚	腔径	壁腔比	柔性系数	导管长度
	数均值	重均值	离散系数						
未施肥	1052.0	1131.1	0.27	23.2	4.3	11.9	0.36	0.51	619.0
氮肥＋有机肥	1038.8	1115.9	0.28	22.8	4.3	12.2	0.35	0.53	649.8
磷肥＋钾肥	1043.5	1123.6	0.27	22.5	4.6	11.8	0.39	0.53	641.2

注：离散系数系标准差与数均长度之比，比值愈小，纤维长度力均度愈好；
柔性系数纤维胞腔径与宽度之比，比值愈大，纸张拉力愈大

表 7-28　不同年轮纤维长度　(单位：μm)

施肥处理	1	2	3	4	5	6	7	8
未施肥	802.0	871.8	1065.4	1184.9	1311.5	1411.3	1438.6	1460.4
氮肥＋有机肥	791.7	871.0	988.5	1157.3	1243.2	1363.3	1427.0	1519.1
磷肥＋钾肥	803.4	866.7	1018.0	1148.7	1281.1	1383.4	1384.3	1536.1

(2)纤维宽度、壁厚和导管长度的变异　从测定结果显示(表 7-29)，纤维宽度、壁厚和导管长度，两种施肥方案及未施肥对照，均随树干的升高而降低。说明树干下部木材优于树干上部木材。

表 7-29　树干不同高度纤维形态　(单位:μm)

施肥处理	树干高度	纤维长度			纤维宽度	壁厚	腔径	壁腔比	柔性系数	导管长度
		数均值	重均值	离散系数						
未施肥	上	915.7	978.5	0.26	22.0	3.8	10.9	0.35	0.50	531.3
	中	1047.2	1128.7	0.28	22.9	4.3	11.5	0.37	0.50	636.8
	下	1191.1	1286.1	0.28	24.6	4.9	13.2	0.37	0.54	688.4
氮肥＋有机肥	上	896.9	949.1	0.27	22.4	3.8	12.4	0.31	0.55	578.3
	中	1049.2	1134.7	0.29	22.4	4.2	12.6	0.33	0.56	678.0
	下	1170.2	1264.0	0.28	23.7	4.9	11.7	0.42	0.49	693.2
磷肥＋钾肥	上	906.6	968.7	0.26	21.2	4.0	12.7	0.31	0.60	572.8
	中	1047.0	1126.5	0.26	22.1	4.6	12.4	0.37	0.56	657.6
	下	1177.6	1274.6	0.29	24.1	5.1	10.2	0.50	0.42	693.2

(3)各种长度纤维的分布　各种长度纤维的分布情况是制浆造纸的一项非常重要的指标。3 种不同施肥处理的各种长度分布频率列于表 7-30,其间并无明显差异。

表 7-30　各种长度纤维分布频率

纤维长度 (μm)	未施肥		氮肥＋有机肥		磷肥＋钾肥	
	纤维根数	分布频率	纤维根数	分布频率	纤维根数	分布频率
	n	$\frac{n}{\Sigma n}\times 100$	n	$\frac{n}{\Sigma n}\times 100$	n	$\frac{n}{\Sigma n}\times 100$
＜200	0	0.00	2	0.04	2	0.04
200～400	2	0.04	1	0.02	2	0.04
400～600	76	1.58	77	1.62	94	1.96
600～800	497	10.38	588	12.25	575	11.98
800～1000	966	20.12	1011	21.06	959	19.98
1000～1200	954	19.87	958	19.96	960	20.00
1200～1400	924	19.25	932	19.42	894	18.62
1400～1600	730	15.21	642	13.37	703	14.65
1600～1800	440	9.17	400	8.33	403	8.40
1800～2000	180	3.75	149	3.10	175	3.65
＞2000	31	0.65	40	0.83	33	0.69

(4)木材细胞组织比率　试验结果列于表7-31，表明不同施肥处理，I-69/55杨树干细胞组织比率的差异。

表7-31　木材细胞组织比率　(%)

施肥处理	导管	木射线	纤维			轴向薄壁组织
			正常纤维	胶质纤维	总纤维	
未施肥	34.1	10.3	34.9	17.4	55.3	0.3
氮肥＋有机肥	34.8	11.8	22.6	28.6	55.2	0.2
磷肥＋钾肥	35.1	10.5	27.0	25.0	54.0	0.4

①导管率：除磷肥＋钾肥处理的略高外，其余差异不大。导管数量的多寡与杨树树冠叶量有关，并且似乎受激素控制。

②射线率：第一种施肥处理的射线率高于其他两种处理的射线率。在树干相同的高度上，不同年轮的射线分布始终较为均匀，杨树属树种射线较其他阔叶材低，这主要是射线细胞小，而且是单列所致。

③纤维率：纤维率与木材密度和制浆得率有密切的关系，纤维数量比率高，则木材密度大，制浆得率高。不同条件施肥处理的总纤维比率相差不大。但正常纤维与胶质纤维却有很大差异，施肥的I-69/55杨胶质纤维远高于未施肥的，用第一种施肥处理的含有最高的胶质纤维。杨树在强化种植条件下加速了生长，却导致更多的胶质纤维的形成。木材中胶质纤维的存在，对于制材、干燥、胶合板生产是不利的。用硫酸盐法蒸煮、制浆、抄片，测定强度，其结果是抄片疏松多孔，所有的强度指标都比较低。

④轴向薄壁组织率：轴向薄壁细胞很少，且呈分散状或断续单列细胞，排列在年轮边缘。它仅对于木材识别具有一定意义。

(5)微纤丝角　木材纤维有两相体系，即：①胞壁中的纤维素微纤丝嵌埋在无定形的衬质中，在这一概念的指导下，微纤丝角细胞壁的基本性质之一是对木材的弹性和尺寸稳定性具有较深的影响。②纤维细胞次生壁 S_1 层占细胞壁 70%～80%，S_2 层微纤排列方向与细胞主轴所成的夹角与木材性质有密切关系，微纤丝角小，则木材强度大、变形小，具有良好的性质。

不同施肥处理的微纤丝角的变幅为 27.5°～29.5°，其中第二施肥处理即磷肥＋钾肥处理较高，但差异未达显著水平(表 7-32)。

表 7-32　微纤丝角

施肥处理	次生壁 S 层微纤丝角(度)			
	最大值	最小值	数均值	标准差
未施肥	35.5	23.0	27.6	4.46
氮肥＋有机肥	36.3	17.5	27.5	7.18
磷肥＋钾肥	35.5	24.6	29.5	5.25

相对结晶度：纤维素在木材细胞中呈微纤丝状，系纤维素分子构成的长束，束间略成平行排列；在纤维素微纤丝中具有结晶区和非结晶区(或无定形区)，结晶区占纤维素整体的百分率，称纤维素的结晶度。结晶度与纤维有密切的关系，通常随结晶度的提高，木材的纤维品质得到改善。不同施肥处理的 I-69/55 杨纤维素的相对结晶度变幅为 49.5%～50.2%，变异不大；株间变幅为 40.9%～56.2%，差异达显著水平(表 7-33)。

表 7-33　纤维素的相对结晶度(%)

施肥处理	相对结晶度			
	最大值	最小值	数均值	标准差
未施肥	53.8	40.9	49.5	4.61
氮肥＋有机肥	54.1	43.6	50.2	4.04
磷肥＋钾肥	56.2	47.0	50.2	3.23

(6)木材化学组成　研究结果列于表7-34，表明不同施肥处理后，综纤维素、α-纤维素降低1%，灰分降低10%和11%，多缩戊糖、木素和各种浸提物均有不同程度地提高。

表7-34　木材化学组成　(%)

施肥处理	水分	灰分	浸提物				木素	多缩戊糖	α-纤维素	综纤维素
			冷水	热水	1%氢氧化钠	苯-乙醇				
未施肥	4.13 100	0.72 100	2.30 100	3.15 100	18.03 100	1.88 100	20.54 100	25.50 100	42.59 100	77.41 100
氮肥＋有机肥	4.49 109	0.65 90	2.30 100	3.18 101	18.37 102	2.09 111	21.13 103	25.94 102	42.39 99	76.45 99
磷肥＋钾肥	4.19 101	0.64 89	2.32 101	3.35 106	18.05 100	2.14 114	20.59 100	26.87 105	42.02 99	76.59 99

注：各栏内上方为平均值，下方为相对值

(7)木材物理力学性质　不同施肥处理对I-69/55杨木材力学性质的影响显著，尤其是第一施肥处理(氮肥＋有机肥处理)影响最为突出。气干密度降低3%，抗压强度、抗弯强度、顺纹抗剪强度、硬度均有不同程度的降低，有的降低差异达显著水平(详见表7-35)。

表7-35　木材物理力学性质

施肥处理	未施肥	氮肥＋有机肥	磷肥＋钾肥
试材株数(株)	6	6	6
树龄(年)	8	8	8
胸径(cm)	16.5 100	23.8 144	20.1 122
气干密度(g/cm²)	0.472 100	0.465 97	0.471 100

续表 7-35

施肥处理		未施肥	氮肥＋有机肥	磷肥＋钾肥
干缩系数（%）	径　向	0.136 100	0.135 99	0.131 96
	弦　向	0.264 100	0.262 99	0.261 99
顺纹抗压强度（MPa）		30.7 100	29.3 97	29.0 94
抗弯强度（MPa）		65.7 100	64.6 98	66.1 101
抗弯弹性模量（GPa）		89 100	7.05 102	6.11 88
顺纹抗剪强度（MPa）	径　面	7.49 100	6.96 93	7.27 97
	弦　面	9.61 100	8.81 92	9.63 100
硬度（N）	径　面	2260 100	2040 90	2470 109
	弦　面	2410 100	2370 98	2670 111
	端　面	3020 100	2750 91	3070 102

注：各栏内上方为平均值，下方为相对值

综上分析，在 I-69/55 杨人工林内，施肥对材性的影响可以认为：

第一，3 种不同施肥处理的 I-69/55 杨，木材纤维形态无显著变化，纤维长度变幅为 1 038.8～1 052.0 微米（表 7-27）。按国际木材解剖学会规定，均属中级长度（中级长度 910～1 600微米）。在我国阔叶树木材中亦属较长纤维。

第二，在木材组织比量中，不同施肥处理，对总纤维含量影响不大，但胶质纤维却有很大变化。使用氮肥＋有机肥处理的胶质纤维较对照处理的增加 198％。

第三，施肥促进了 I-69/55 杨生长，木材物理力学性质有某些降低，施氮肥＋有机肥处理的较为明显。

综上所述，I-69/55 杨生长速度与木材纤维长度、化学组成呈弱度负相关，与木材物理力学性质呈中度或强度负相关。在培育建筑用材林时应适当控制氮肥施用量。

3. 不同栽植密度对杨树木材性质的影响 为了培育不同规格的造纸纤维材，经常采用不同栽植密度进行造林，不同密度所产出的木材，其材性质量能否满足造纸要求，则是备受关注的问题，柴修武研究员对 I-69/55 杨进行了专门的研究。在 2 米×4 米、2 米×5 米、3 米×3 米、4 米×5 米人工林中进行了 5 年的定位观测并取样进行科学分析，结论如下。

(1)纤维形态 4 种林分密度木材的纤维长度在 980～1 030 微米，以 2 米×4 米密度为最短，但都属于中等长度等级之列(国际木材解剖学规定纤维长度 910～1 600 微米为中级长度)。4 种密度的纤维宽度、壁厚相近似(见表 7-36)。

(2)木材化学成分 测定结果表明，林分密度 2 米×4 米的木材的综纤维素略低于其他 3 个林分密度的木材，α-纤维素则略高于 2 米×5 米和 3 米×5 米，其他成分如木素、灰分、各种浸提物和糖类则差异不大，不会对纸浆造成大的影响(见表 7-37)。

(3)制浆特征和纸浆的物理性质 试验结果表明，4 种密度树木的纸浆物理性质相近，木材都具有未漂浆白度，易于漂白，成纸的紧度低，表面光洁度高，纸浆的各项指标(表 7-38)都达到了新闻纸标准，作为新闻纸张配料十分合适。只有 2 米×4 米林分密度的白度低于其他密度的白度，其原因可能是林分郁闭度大，林内光照、肥料、水分、微量元素不足导致林木生长放慢，年生长量下降，木材年轮加密、颜色加深所致，但不影响制浆质量。

表 7-36 木材纤维形态 (μm)

林分密度	长度			宽度			长宽比	柔性系数	壁厚			腔径			壁腔比
	最长	最短	平均	最宽	最窄	平均			最厚	最薄	平均	最大	最小	平均	
2m×4m	1180	670	980	27.3	12.0	17.8	55	0.72	21.9	7.3	12.9	6.0	3.9	4.9	0.38
2m×5m	1370	760	1030	27.3	11.6	17.4	59	0.74	22.2	6.2	12.8	6.0	4.0	4.7	0.37
3m×3m	1220	790	996	27.5	11.4	17.7	56	0.74	22.6	7.5	13.0	6.2	3.2	4.7	0.36
4m×5m	1240	720	990	26.7	11.4	17.4	57	0.74	21.7	7.3	12.8	5.8	4.1	4.6	0.36

表 7-37　4 种林分密度 I-69/55 杨木材化学成分　(%)

林分密度	水分	灰分	冷水浸提物	热水浸提物	1%氢氧化钠浸提物	苯-乙醇浸提物	木素	多缩戊糖	α-纤维素	综纤维素
2m×4m	5.71	0.77	1.63	1.83	17.75	1.47	20.67	24.86	42.85	80.56
2m×5m	6.67	0.82	1.33	2.01	17.74	1.36	20.44	25.43	42.94	81.08
3m×3m	5.42	0.74	1.55	2.89	18.46	1.36	20.19	25.89	41.71	81.11
4m×5m	6.81	0.79	1.23	2.81	18.34	1.58	20.07	25.66	41.79	81.22

(4)木材物理力学性质　从试验结果(表 7-39)来看，2 米×4 米密度林分与其他林分密度相比较，木材密度略低于 4 米×5 米密度。而与 2 米×5 米、3 米×3 米密度林分相近。顺纹抗压强度 2 米×4 米密度林分低于 2 米×5 米的，高于 3 米×3 米、4 米×5 米的。抗弯强度 2 米×4 米密度低于 2 米×5 米和 4 米×5 米的，高于 3 米×3 米的。抗弯性模量 2 米×4 米大于其他 3 种密度林分。但各种密度林分的木材都不影响用于制浆。

表 7-38　纸浆的物理性质

林分密度（m）	未漂浆							
	打浆度（°SR）	定量（g/m²）	厚度（mm）	表观密度（g/cm³）	抗张指数（N·m/g）	耐破指数（kPa·m²/g）	撕裂指数（mN·m²/g）	耐折度（双折次）
2×4	46.5	48.7	0.119	0.41	36.7	2.1	4.9	7
2×5	49.5	49.7	0.120	0.41	39.6	2.1	4.9	6
3×3	45.0	48.0	0.117	0.41	38.4	2.0	5.3	7
4×5	52.0	49.5	0.123	0.40	42.3	2.4	5.5	7
林分密度（m）	漂白浆							
	打浆度（°SR）	定量（g/m²）	厚度（mm）	表观密度（g/cm³）	抗张指数（N·m/g）	耐破指数（kPa·m²/g）	撕裂指数（mN·m²/g）	耐折度（双折次）
2×4	37.0	49.5	0.113	0.44	33.9	2.3	4.6	7
2×5	41.5	48.9	0.113	0.43	36.1	2.4	4.8	7
3×3	33.5	49.9	0.109	0.44	35.2	2.1	4.9	6
4×5	45.0	47.9	0.109	0.44	37.9	2.3	4.9	8

表 7-39　木材物理力学性质

林分密度 (m)	木材密度 (g/cm^3)	干缩系数(%)			顺纹抗压强度 (MPa)	抗弯强度 (MPa)	抗弯弹性模量 (MPa)	顺纹抗剪强度(MPa)		冲击韧性 (kJ/m^2)	硬度(N)		
		径向	弦向	体积				径向	弦向		弦面	端面	径面
2×4	0.411 100	0.139 100	0.252 100	0.436 100	29.8 100	60.3 100	8100 100	6.3 100	8.6 100	49.8 100	2850 100	2160 100	2240 100
2×5	0.412 100	0.134 96	0.261 96	0.427 98	31.2 105	61.9 103	8100 99	6.5 103	8.1 94	43.2 87	2853 100	2167 100	2245 100
3×3	0.411 100	0.133 96	0.255 97	0.418 96	28.8 97	59.7 99	7600 95	6.4 102	7.6 88	50.7 102	2853 100	1970 91	1726 77
4×5	0.430 105	0.133 96	0.258 98	0.420 96	29.1 98	62.7 104	8100 93	6.3 100	8.1 94	53.4 107	3079 108	1836 86	2167 97

注：①密度、顺纹抗压强度、抗弯强度、抗弯弹性模量、顺纹抗剪强度、冲击韧性、硬度均为含水率15%时的数值；

②各栏内上方为平均值，下方为相对值；

③ 1MPa(兆帕)=10.197kgf/cm^2，1GPa(千兆帕)=10 197kgf/cm^2，1kJ(千焦/米^2)=0.010 197kg·M/cm^2；

④表内数值中的平均值由张文庆、陈锦芳测定

第八章 长江中下游平原杨树丰产林栽培关键技术

一、杨树品种选择

在杨树丰产栽培技术中，选择优良品种是决定造林成败的关键技术之首，是能否达到丰产的物质基础。

新中国成立以来，在杨树栽培品种的选择方面，归纳起来大致经历了 3 个不同的历史阶段。

第一个阶段为杨树非商品性栽培时期，主要利用自然物种和天然杂种进行造林，其目的在于防风固沙、改变气候条件，争取农牧业有好的收成。在 20 世纪 60 年代之前，主要采用小叶杨、山杨、新疆杨、青杨等自然界已有品种；60 年代以后至 80 年代，我国育种专家培育成北京杨、群众杨、合作杨、小黑杨等新品种以及白杨派、黑杨派杂交组合，这些品种主要特点是能适应较恶劣的生存环境，有较好的速生性能。

第二阶段出现在 20 世纪 80～90 年代，是以提高工业用材林生产力为目标，利用速生品种和人工措施，实现速生丰产。1988 年和 1996 年，林业部颁发了杨树人工速生丰产用材林专业标准(LY/T 64006－88，后改编为 LY/T 1495－1999)和杨树速生丰产用材林主要栽培品种苗木林业行业标准(LY/T 1195－1996)，标志着杨树正式进入速生丰产阶段。栽培品种主要采用具有速生优势的美洲黑杨和欧美杨杂交品种，如沙兰杨、I-214 杨、健杨、中林 46 杨、I-63/51 杨、I-69/55 杨、I-72/58 杨等。这一时期，在追求速生丰产的同时，一定程度上忽略了人工林中的病虫害的发生和泛滥。

第三阶段起始于20世纪90年代后期和进入21世纪的几年中，是在市场经济的影响下，要求杨树丰产林所生产的木材，不但速生数量多，而且无病虫危害，质量好。国家林业局于2007年11月颁布的杨树栽培技术规程林业行业标准(LY/T 1716—2007)即标志着对杨树丰产林要求高产优质的时期的到来。我国杨树育种专家培育出了抗病虫害性能强的优良品种，为栽培品种的选择提供了新的途径。主要有I-69/55杨与I-63/51杨的杂交种，如北抗杨、南抗杨、欧美杨与滇杨杂交种如南新杨，山海关杨与I-69/55杨、I-63/51杨杂种如廊坊杨以及创新杨等。

综上所述，在吸取历史上的经验和教训的基础上，在长江中下游平原选择杨树栽培品种方面，应着重考虑以下几个方面。

首先，选择抗蛀干害虫的品种。桑天牛和云斑天牛是本地区的频发害虫，蛀食杨树树干，危害普遍而严重。采用抗蛀干害虫的品种，既可减少防治成本，又可高质高产，是在市场经济规律指导下必选的途径，所生产的木材，应当不超过国家原木标准中杨树各材种规定的缺陷允许限度(表8-1)。

其次，选择抗食叶害虫的杨树品种。本地区主要食叶害虫为鳞翅目的杨扇舟蛾、杨小舟蛾和杨黄卷叶蛾等，为害严重而频繁，在夏秋之交经常出现大面积、全林树叶被食尽的严重疫情，一旦发生，丰产林年生长量降低8%～12%。因此，选择抗食叶害虫的品种同样重要。

再次，选择耐水淹品种。杨树虽具耐水特性，但水淹亦影响林木生长，水淹时间过长亦会导致树木死亡，因此，选择耐水能力强的品种亦不能忽略。

最后，选择杨树树干通直圆满不弯曲、侧枝细、速生高产出材量大的品种。只有保证单位面积生长量最大，才能保证丰产林获得最大经济效益。

表 8-1　国家原木标准中适用于杨树的各材种缺陷允许限度

缺陷名称	检量方法	GB/T 15779-1995 旋切单板用原木	LY/T 1503—1995 加工用原木	ZBB 68003—86 次加工原木	ZBB 68010—89 短原木	LY/T 1157—1990 檀材	GB 142—1995 直接用原木(坑木)	LY/T 11518—94 椽材	GB 11717—89 造纸材	GB/T 11716—1999 小径原木
活节、死节	节子最大尺寸不得超过检尺径的	30%								
	材长 1 米内节子数不超过	4 个								
漏节	在材长范围内不超过	不许有	不许有		1 个	不许有	不许有	不许有	1 个	1 个
虫眼	1 米范围内不超过	5 个	不许有			不许有	不许有	4 个		10 个
弯曲	最大拱高不超过该弯曲水平长的	2%	5%		6%	3%	3%	1%		6%
炸裂、风折木	在全材长范围内	不许有				不许有	不许有			
外伤偏枯	深度不超过检尺径的	20%				10%	10%	20%		
边材腐朽		不许有	不许有	30%	10%	不许有	不许有	不许有	10%	10%
心材腐朽	心腐直径不超过	60mm	不许有	49%	16%	大头 4%	不许有	不许有	25%	不许有
外夹皮	长度不超过检尺长的	30%						40%		
抽心	抽心最大直径不超过	60mm								

二、立地条件质量评价

在长江中下游平原对杨树生长起着主导作用的立地条件，主要是洪水期间的洪水水淹程度，有无芦苇伴生和林下土壤质地。

按照第一章第三节不同土壤质地对杨树生长的影响、第三章第二节洪水对杨树生长的影响以及第三节芦苇伴生对杨树生长的影响 3 个方面的研究成果，按立地条件划分以下 3 个因素 12 个水平。即：

因素 A：水淹程度，分 5 个水平

1 水平——水淹 0.5 米 10 天以内，浅水淹程度

2 水平——水淹 1.0 米 30 天以内，浅中水淹程度

3 水平——水淹 2.0 米 40 天以内，中水淹程度

4 水平——水淹 3.0 米 50 天以内，深水淹程度

5 水平——水淹 3.5 米 50 天以内，极深水淹程度

因素 B：芦苇，分 3 个水平

1 水平——无芦苇或及时清除芦苇

2 水平——芦苇保留 1 年

3 水平——有芦苇

因素 C：土壤质地，分 4 个水平

1 水平——有黏、壤夹层或砂壤土

2 水平——沙土、无夹层、一沙到底

3 水平——中壤至重壤

4 水平——黏土、无夹层

运用不同立地类型固定标准地 34 块和临时观测标准地 38 块的林木生长数据，按照数量化理论编制数据反映表，计算各因素、各水平的得分值，进而计算出每个因素和每个水平的贡献率。按照贡献率大小顺序，确定不同立地类型的质量评价，并以此作为立地选择条件。最终确定了 15 个立地类型并按其生长水平归纳为

5个丰产等级，如表8-2所示。

三、造林苗木规格选择

采用不同质量的苗木进行造林，往往会影响造林质量和丰产效益，这一简单的道理往往会被低质苗木价格低投入少而取代。相反，过于追求高价大苗造林，会造成造林费用的提高。为此，笔者用不同规格苗木进行造林试验，从中确定应采用的苗木规格和质量。

在怀宁县模范洲林场用I-69/55杨2根1干苗、1根1干的1、2、3级苗营造6米×6米丰产林26 680平方米，每种苗木6 670平方米，定位观测5年测得各年树高、胸径和蓄积量，取其平均值列于表8-3。并以1根1干1级苗培育的人工林作为标准，对比其他3种人工林生长水平，计算出差异百分数列于表8-4。

从表8-3、表8-4中数据分析，可以认为：

与1根1干1级苗相比较，2根1干苗树高增加5%～14%，胸径增加5%，蓄积增加12%～23%；1根1干2级苗树高减少2%～3%，胸径减少1%左右，蓄积减少2%～4%；1根1干3级苗树高减少20%～25%，胸径减少22%～23%，蓄积减少45%～47%。

2根1干苗木生长至5年时，单位面积蓄积量较1根1干1级苗增加23.3%，说明采用2根1干苗确有其优越性，应予提倡。其不足之处是苗源少，苗价高，栽植时不易保证应达到的成活率，因而应慎重对待。

2级苗较1级苗树高及胸径生长量相差很微小，蓄积量相差2.3%～3.8%，因此，在苗源紧张的条件下，2级苗可以用于造林。

3级苗蓄积生长量只及1级苗的50%左右，不能用于造林。

因此可以认为：

表 8-2 立地类型及其丰产水平

杨树人工林丰产立地等级	立地类型代号	立地类型内容	年平均生长量水平			栽培指数
			树高(m)	胸径(cm)	蓄积($m^3/667m^2$)	
1 级 高额丰产	1-1	浅(无)水淹程度、无芦苇伴生、有黏壤夹层的砂壤土	3.0～3.5	3.5～4.0	1.2～1.4	19～21
	1-2	浅中水淹程度、无芦苇伴生、有黏壤夹层的砂壤土				
	1-3	浅水淹程度、芦苇伴生、1 年内以内有黏壤夹层的砂壤土				
2 级 丰产	2-1	浅中水淹程度、芦苇伴生、1 年内有黏壤夹层的砂壤土	2.5～3.0	2.5～3.5	1.0～1.2	17～19
	2-2	无水淹、无芦苇伴生的中-重壤土				
	2-3	中水淹程度、无芦苇伴生、有黏壤夹层的砂壤土				
3 级 一般丰产	3-1	中水淹程度、芦苇伴生、1 年以内有黏壤夹层的砂壤土	2.0～2.5	2.0～2.5	0.8～1.0	15～17
	3-2	深水淹程度、无芦苇伴生、有黏壤夹层的砂壤土				

续表 8-2

杨树人工林丰产立地等级	立地类型代号	立地类型内容	年平均生长量水平			栽培指数
			树高(m)	胸径(cm)	蓄积($m^3/667m^2$)	
4 级 低产一般人工林	4-1	深水淹程度、有芦苇伴生、有黏壤夹层的砂壤土	1.5～2.0	1.5～2.0	0.8 以下	11～13
	4-2	极深水淹程度、有芦苇伴生、有黏壤夹层的砂壤土				
	4-3	中水淹程度、无芦苇伴生、无黏土夹层砂土				
5 级 不适宜栽植	5-1	深水淹程度、芦苇伴生、1 年内无夹层黏土	不宜栽培杨树人工林			
	5-2	极深水淹程度、无芦苇伴生、无夹层黏土				
	5-3	极深水淹程度、有芦苇伴生、无夹层黏土				
	5-4	极深水淹程度、无芦苇伴生、无夹层沙土				

表 8-3　I-69/55 杨不同苗木规格人工林生长过程

树高 H:m　胸径 D:cm　蓄积:$m^3/667m^2$

林龄	2 根 1 干苗			1 根 1 干 1 级苗			1 根 1 干 2 级苗			1 根 1 干 3 级苗		
	H	D	蓄积	H	D	蓄积	H	D	蓄积	H	D	蓄积
1	5.41	5.52	01345	5.12	4.97	0.1192	5.02	4.94	0.1164	3.87	3.89	0.0655
2	8.81	9.79	0.5710	8.06	9.31	0.4889	7.88	9.24	0.4745	6.26	7.27	0.2637
3	11.73	14.15	1.3816	10.51	13.44	1.1554	10.25	13.33	1.1168	8.29	10.47	0.6157
4	14.37	18.37	2.6245	12.68	17.44	2.1577	12.35	17.29	2.0800	10.12	13.56	1.1411
5	16.81	22.50	4.3535	14.68	21.34	3.5307	14.27	21.16	3.3971	11.81	16.58	1.8588

表 8-4　不同规格苗木人工林生长差异百分数　(%)

林龄	2 根 1 干苗			1 根 1 干 2 级苗			1 根 1 干 3 级苗		
	H	D	蓄积	H	D	蓄积	H	D	蓄积
1	105.6	105.0	112.8	98.1	99.4	97.7	75.6	78.3	55.0
2	109.3	105.2	116.8	97.8	99.3	97.3	77.7	78.1	53.9
3	111.6	105.3	119.6	97.5	99.2	96.7	78.9	77.9	53.3
4	113.3	105.3	121.6	97.4	99.1	96.4	79.8	77.8	52.9
5	114.5	105.4	123.3	97.2	99.2	96.2	80.4	77.7	52.7

注:以 1 根 1 干 1 级苗人工林为标准

第一,1 根 1 干的 1、2 级苗可以用于造林;

第二,在有条件的情况下,提倡采用 2 根 1 干苗;

第三,1 根 1 干的 3 级苗不能用于造林。

采用的苗木应达到如表 8-5 所列标准。

表 8-5　杨树苗木标准　（单位：cm）

苗龄（年）	1级苗		2级苗		质量控制条件
	D_0	H	D_0	H	
1-0	3.2	400	2.6	320	苗干通直不弯曲，苗木充分木质化，不允许感染任何病虫害，不能有任何机械损伤，根幅 35cm 以上
$1_{(2)}$-0 2-0	3.6	450	2.7	350	

注：1-0　1年生未移植苗，即1根1干苗

$1_{(2)}$-0　2年生根、1年生苗的未移植苗，即2根1干苗

2-0　2年生未移植苗，即2根2干苗

D_0　苗木根茎部位直径

H　苗高

四、培育壮苗的关键技术

为培育出如表 8-5 所列标准的高质量苗木，在育苗技术方面，除正常的施肥、灌溉、培土、抹芽、防治病虫害等措施之外，应强调重视以下技术措施。

（一）插穗宜选择苗木中部的为好

插穗应采用 1 年生苗干中部（1/3～2/3）处，苗干中部生长粗壮，木质化程度高，培育出的苗木质量好。经试验表明，苗木下部和上部的插穗培育的苗木质量和成活率都不如中部插穗培育的苗木，试验结果如表 8-6 所示。

在采用不同部位插穗育苗时，应按照上、中、下 3 个部位的插穗分别育苗，以便有针对性地采取措施，弥补因插穗质量导致的差异，保证都能培育出合格苗木。

（二）插穗规格应保证高标准

插穗扦插后至生根前这一段时间内，插穗的生根、发芽生长主

表 8-6 I-69/55 杨不同部位插穗成活率及径、高生长

插穗部位	调查株数（株）	每根种条剪取穗数（个）	成活率（%）	苗木当年生长量	
				苗高(m)	地径(cm)
上部(梢部)	200	3～4	78	3.2	2.6
中部(1/3～2/3)	200	4～5	94	4.5	3.6
下部(1/3 以下)	200	3～4	85	4.0	3.2

要依靠插穗中贮存的养分供应，为保证育苗成活率，选用的插穗必须保证高标准高规格，即距上切口 1 厘米左右处要保有一个健康芽，每根插穗保有 3～4 个芽，插穗长 18～20 厘米，小头直径1～1.5 厘米，下切口切成马耳形，上切口平切。

经试验，不同长度和粗度的插穗，苗木生长及成活率有较大差别，详见表 8-7。

表 8-7 I-69/55 杨不同粗度及长度插穗生长表现

插穗规格(cm)		调查株数（株）	成活率（%）	苗木当年生长量	
				苗高(m)	地径(cm)
插穗粗度	1.0～1.5	100	95.0	4.5	3.0
	1.0 以下	100	82.0	3.4	2.8
插穗长度	10～14	100	85.1	4.0	3.2
	15～18	100	95.2	4.9	3.8

(三)用清水和药剂浸泡插穗提高育苗成活率

为防止插穗失水和地下害虫为害，扦插前用清水浸泡4～8 小时，使插穗吸足水分，然后用辛硫磷、乐果药剂配成 1∶500 倍药液

浸泡8～10分钟，捞出稍干后扦插。经试验，成活率和治虫效果极为明显，尤其对防治蛴螬咬食插穗表皮及幼根效果显著，详见表8-8。

表8-8 I-69/55杨插穗浸药防虫试验及清水浸泡成活率试验

处　理	试验数	成活率(%)	受害率(%)
浸药	700		0
未浸药	700		9.82
清水浸泡4小时	700	100	
未清水浸泡	700	69.3	

(四)喷洒稀土生长剂，促进苗木生长

待苗木生长至0.5米高或以上时，将稀土促进生长剂喷洒于苗木叶面，可促进苗木生长。配制稀土浓度为0.2克/千克的水溶液，用喷雾器均匀喷洒在苗木叶面即可。经试验，一次喷洒后，苗高可增长15%左右。

五、冬季造林有利于林木生长

1991～1993年，在安徽省池州市贵池区乌沙林场和安庆市怀宁县模范洲林场定位观测11月份、12月份、翌年1、2、3月份5个月的平均气温、空气相对湿度、地面温度和地下5厘米、10厘米、15厘米处的地温，取其平均值列于表8-9。

从表中可知，平均气温1月最低，为3.3℃～3.9℃，12月份和翌年2月份相近似，在5℃左右，11月份和翌年3月份相似在8℃～10℃；空气相对湿度1月份最低为72%，其他各月较高为73%～76%。地面温度及地下温度比气温高，地下15厘米处较10厘

表 8-9　11 月～翌年 3 月测定气象平均指标

项　目	11月			12月			翌年1月			翌年2月			翌年3月		
	上	中	下	上	中	下	上	中	下	上	中	下	上	中	下
平均气温(℃)	10.7	9.3	8.2	7.5	5.6	4.6	3.4	3.3	3.9	3.9	5.4	5.0	7.8	10.8	未测
相对湿度(%)	76	76	75	75	76	72	72	72	72	73	73	75			
地面温度(℃)	10.6	10.1	8.2	6.3	6.4	5.2	4.8	4.4	5.6	6.0	6.1	7.3	10.1	11.3	
地下地温(℃)															未测
5 厘米处	11.3	10.2	10.1	10.1	7.0	5.8	5.0	4.8	5.3	6.4	7.1	8.2	9.4	10.7	
10 厘米处	11.7	10.8	10.2	10.1	7.9	6.3	5.9	5.4	6.2	7.0	7.2	8.3	9.6	10.8	
15 厘米处	13.6	12.8	11.4	10.7	8.3	7.4	6.5	5.8	6.2	7.0	7.6	9.2	10.4	11.8	
月降水量(mm)		82.6			38.8			34.3			53.9			103.9	
降水天数		13			11			11			14			21	

米处高，10 厘米处较 5 厘米处高；年降水量较少，降水天数 12 月份和翌年 1 月份为 11 天，降水量分别为 38.8 毫米和 34.3 毫米，11 月份和翌年 2 月份为 13～14 天，降水量分别为 82.6 毫米和 53.9 毫米，3 月份为 21 天，降水量为 103.9 毫米。由此可见在这期间栽植杨树后，地上部分不但不会受冻，地温亦足以促进杨树生根，同时亦有足够的降水量保持土壤湿润，气候条件可以保证杨树成活。

在怀宁县新长洲林场、模范洲林场，于 1991～1993 年连续 3 年于 11 月 15～20 日营造 I-69/55 杨，并于 12 月 30 日、翌年 1 月 30 日、2 月 30 日挖出树根进行观测，发现 12 月份林木即开始生根，各月新生根的数量如表 8-10 所示。说明造林后第二个月(即 12 月份)林木即开始生根，而且逐月增加。在这期间，土壤无结冻现象。可见冬季造林后地上树干部分虽然处于休眠状态，但埋入地下的树根已经开始生根，不受季节所限制。由于冬季根系已经生长新根，能够吸收土中养分，有利于早春林木开始萌动生长时所需的养分供应，使林木在早春时节即可正常生长。

表 8-10　不同月份造林新生根数量

项　　目	12月	翌年1月	翌年2月	翌年3月
新生根数量(根)	4.6	15.1	18.2	未测
新生根平均长度(cm)	0.2	3.2	6.3	未测

六、植穴规格与造林方法

在每年都有洪水水淹、土壤质地疏松的冲积洲、冲积滩地上造林，往往因植穴规格的大小或深浅程度不适当，而影响林木生长。

根据笔者调查，植穴规格 1 米×1 米×1 米，水淹深度在 1 米以上，造林后 1～2 年间出现树木严重倒伏现象。铜陵县铁锚洲林场在造林前用拖拉机彻底清除了芦苇，植穴规格 1 米×1 米×1 米，造林后当年至第四年树木都有倒伏现象，尤以 1～2 年间最严重，平均倒伏率达到 20%～30%，严重地段达 50%。乌沙林场沿江滩地，原生植被芦苇稀少，植穴 80 厘米×80 厘米×80 厘米，造林后树木倒伏率达 26.5%，未倒伏的杨树也有不同程度倾斜。枞阳县凤仪洲林场，植穴 1 米×1 米×1 米，造林后没有水淹的圩内未发现树木倒伏现象，圩外树木倒伏 15%以上。新长洲林场植穴 1 米×1 米×1 米，造林前芦苇茂密，造林后当年没有砍除芦苇，洪水过后，树木倒伏率 6.8%，第二年局部地段清除了芦苇，树木倒伏率上升至 11%～16%，第三年 9.5%。模范洲林场植穴 1 米×1 米×1 米，造林后当年树木倒伏率 30%。新长洲和模范洲林场，1992 年造林，新长洲采用植穴 50 厘米×50 厘米×100 厘米，即穴径 50 厘米，穴深 100 厘米，当年洪水过后没有或很少出现树木倒伏现象。

为此，对不同栽植深度和不同穴径的植穴规格的造林方法进行了专门的定位观察试验。

(一)不同深度的植穴规格造林

用穴径为40厘米,穴深为40厘米、60厘米、80厘米、100厘米4种不同植穴规格进行造林,在栽植密度3米×4米,林木生长5年期间的洪水过后的秋季,进行调查统计,立木实际倒伏数量如表8-11所示。从表中所列统计数据说明。

第一,立木倒伏率随植穴深度的加深而减少,年平均倒伏率从植穴深40厘米的21%,顺次减少为17.7%、8.7%和100厘米深度的1%。

第二,立木倒伏率随林龄的增大而减少。穴深40厘米的林龄1年时,倒伏率35%,第五年为1.7%,60厘米、80厘米植穴深度亦有相同规律。植穴深100厘米的几乎没有倒伏现象,第三、四、五年,倒伏率在1.7%。

第三,从5年中立木倒伏的累计数来看,倒伏数量是很大的,穴深40厘米的5年累计为63株次;60厘米的为55株次;80厘米的为26株次;只有100厘米的较少,只有3株次。说明造林植穴规格应注重植穴深度。立木倒伏后,为保持原有造林密度,每年需要扶正、补植的工作量是很大的。

表8-11 I-69/55杨不同栽植深度立木倒伏率

穴深 / 倒伏株数及% / 林龄	40cm		60cm		80cm		100cm	
	株数	%	株数	%	株数	%	株数	%
1	21	35.0	20	33.3	8	18.3	0	0
2	18	30.0	16	26.7	9	15.0	0	0
3	12	20.0	9	11.7	5	8.3	1	1.7
4	8	13.3	6	10.0	3	5.0	1	1.7
5	4	1.7	4	6.7	1	1.7	1	1.7
年平均	12.6	21.0	11.0	17.7	5.2	8.7	0.6	1.0

注:每小区60株,720m²

(二)不同穴径的植穴规格造林

用穴深 80 厘米、穴径为 40 厘米、60 厘米、80 厘米、100 厘米 4 种栽植规格,栽植密度 3 米×4 米(55.5 株/667 平方米),造林后,在林木生长 5 年期间的洪水过后的秋季,调查统计立木实际倒伏株数,列于表 8-12 之中,从表中所列数据中说明。

表 8-12 I-69/55 杨不同栽植穴径立木倒伏率

林龄 \ 倒伏株数及% \ 穴径	40cm		60cm		80cm		100cm	
	株数	%	株数	%	株数	%	株数	%
1	10	18.2	11	20.0	13	23.6	14	25.5
2	9	16.4	10	18.2	11	20.0	12	21.8
3	6	10.9	7	12.7	7	12.7	6	12.9
4	3	5.4	3	5.4	4	7.3	5	9.1
5	1	1.8	1	1.8	1	1.8	2	3.6
年平均	5.8	10.5	6.4	11.6	7.2	13.1	7.9	14.6

第一,立木倒伏株数与植穴的直径呈正相关,即穴径越大,立木倒伏越多,但随着林龄的增长,其间的差距逐渐缩小,第四年以后,4 种植穴直径的立木倒伏数比较接近。

第二,随着林龄的增长,4 种栽植穴径的立木倒伏数的总趋向一致,即随林龄的增加,立木倒伏数逐渐减少。

第三,由于试验地的植穴深度都是 80 厘米,立木生长的稳定性得到保证,从而减少了立木的倒伏数,说明在适宜植穴径的条件下栽植深度对立木倒伏与否起到关键作用。

(三)不同栽植深度对林木生长的影响

用植穴直径为 40 厘米,植穴深度为 40 厘米、60 厘米、80 厘米、100 厘米 4 种不同栽植深度进行造林，栽植密度 6 米×6 米，经过 5 年定位观测，统计其生长量如表 8-13 所示。（注：每一试验小区 3 335 平方米，每 667 平方米造林株数为 18.5 株。表 8-13 所列数据为 667 平方米的平均值。）

表 8-13　I-69/55 杨不同栽植深度人工林生长进程

树高 H：　胸径 D：cm　蓄积：$m^3/667m^2$

林龄	40cm			60cm			80cm			100cm		
	H	D	蓄积	H	D	蓄积	H	D	蓄积	H	D	蓄积
1	4.43	4.49	0.0910	4.43	4.49	0.0910	4.43	4.49	0.0910	4.43	4.49	0.0910
2	7.46	8.52	0.3949	7.58	8.59	0.4053	7.63	8.71	0.4171	7.82	8.97	0.4476
3	10.13	12.40	0.9730	10.39	12.56	1.0125	10.48	12.82	1.0579	10.91	13.45	1.1906
4	12.59	16.18	1.8679	12.98	16.44	1.9705	13.14	16.87	2.0868	13.82	17.92	2.4293
5	14.89	19.89	3.1313	15.44	20.25	3.3344	15.66	20.88	3.5717	16.60	22.40	4.2728

以栽植深度 80 厘米作为基准进行对比，40 厘米、60 厘米和 100 厘米栽植深度的树高、胸径、蓄积量的比值百分数。详见表 8-14。

表 8-14　不同栽植深度生长量百分数　（%）

林　龄	40cm			60cm			100cm		
	H	D	蓄积	H	D	蓄积	H	D	蓄积
2	97.8	97.8	94.6	99.3	98.6	97.1	102.5	103.0	107.2
3	96.7	96.7	91.7	99.1	98.0	95.7	104.1	104.9	112.5
4	95.8	95.9	89.5	98.8	97.5	94.4	105.2	106.2	116.4
5	95 .1	95.3	87.7	98.6	96.0	93.3	106.0	107.2	119.6

注：以栽植深度 80cm 为基准

从表中所列数据分析：

栽植深度100厘米的林分生长量最大，与栽植深度80厘米的林分相比较，林龄5年时，树高增大6.0%，胸径增大7.2%，蓄积量增大19.6%。林龄2、3、4年的生长量亦都有不同程度的增大。

栽植深度40厘米和60厘米的林分，无论是树高、胸径或蓄积量，其生长量都低于栽植深度80厘米的林分。

试验说明，在栽植穴径40厘米的条件下，栽植深度以80厘米或100厘米为好。一般不应少于80厘米。

总之，根据长江中下游平原特定的立地条件，为促进林木生长，防止立木倒伏，因地制宜地制定植穴深度和植穴直径，显得非常重要，栽植穴径过大不但会增加造林成本，也会增加林木的倒伏比率。在相同的栽植穴径条件下，栽植深度是保证降低林木倒伏数量的关键因素。上列三项试验说明：栽植穴径40～60厘米，栽植深度80厘米以上，是长江中下游平原特定立地条件下较为理想的植穴标准。

七、林农间作

(一)林农间作的基本概念

林农间作是我国在人工林经营管理，尤其是在平原林业经营管理方面的一项创举，是我国历代农民、林农以及林业工作者在实践中积累的经验结晶，在近几十年来得到了广泛的应用。

林农间作是以林业为主的多种经营作业方式，是提高林业生态、林业经济和社会效益的一种行之有效的模式，它可以有效地提高光热资源的立体利用，有利于挖掘土壤潜力，提高土壤水分、养分的利用率、有利于增加短期经济效益、促进林木生长、达到以短养长的目的，在杨树速生丰产林经营工作中，更加显示出它的优越性，因而已成为杨树丰产经营管理工作中必不可少的一项作业方式。

根据长期、多方面的实践经验，杨树的吸收根总量的74%～84%都密集于土层40～100厘米处，而农作物的吸收根的85%多集中于土层的20～40厘米处，树木和农作物大部分根系吸收不同层次土壤的养分和水分。在间种农作物的施肥过程中，部分肥料渗透到土壤深层，增加了土壤肥力，正好为树木根系所吸收。通过农作物的管理，林间土壤得到了松土除草，增加了土壤的透气性，有利于杨树生长。

(二)林农间作的基本任务和适宜间种的作物品种

无论是在林分郁闭前或郁闭后，林农间作的基本任务就是改善林下土壤肥沃程度，促进林木速生丰产，同时能在短期内获得一定的经济效益。为此，间种的农作物应以不影响林木生长为标准，选择间种作物品种时应当考虑以下条件。

第一，间种的作物不与林木争水争肥，能肥沃土壤提高地力。

第二，矮秆、速生，对水肥条件要求不高，有广泛的适应性和较强的抗逆性；在郁闭林下，能适应耐阴湿环境，最好选择喜阴湿品种。

第三，与主栽林木无严重的共生、互传病虫害的作用。

第四，不会对主栽林木产生拮抗作用。

第五，有成熟的栽培技术和管理经验。

第六，作物产品市场适销对路。

第七，田间管理省工、操作简易、投入成本低，见效快、效益高。

根据上述要求，在长江中下游平原，可选间作品种有以下六类：

第一类：粮食类——小麦、水稻、旱稻、玉米。

第二类：豆类——绿豆、豌豆、蚕豆。

第三类：油料类——油菜、花生、大豆(注：不宜间种芝麻)。

第四类：瓜菜类——西瓜、南瓜、黄瓜、红薯、土豆、萝卜、菠菜、韭菜、大蒜、白菜、生姜。

第五类：菌类——香菇、平菇、鸡脚菇、凤尾菇等。

第六类：药材类——皖贝。

（三）林农间种的经济效益分析

林农间种的经济效益，主要体现在促进林木生长和间种农产品的经济收益上。

1. 促进林木生长 实施林农间种的人工林，其主要目的就是通过间种，促使林木能够更好更快的生长。通过笔者在长江中下游平原近20年杨树人工林下间种实践经验，间种对林木生长效益十分明显，是促进林木速生丰产的一项行之有效的成功措施。

表8-15是在贵池区乌沙林场，怀宁县模范洲林场，不同栽植密度的I-69/55杨人工林中进行小麦间种的林木生长量增长对比表。

通过实际计算，林龄1年时，树高增长4.6%～7.0%，胸径增长2.4%～4.9%；林龄2年时，树高增长8.6%～13.2%，胸径增长6.2%～18.3%；林龄3年时，树高增长17.1%～20.8%，胸径增长14.3%～24.2%；林龄4年时，树高增长13.4%～15.8%，胸径增长8.6%～22.2%，增幅比较明显。

2. 增加经济效益 在上述林地中，间种小麦的产量列于表8-16。

从表中所列小麦产量可以看出，林木株行距愈大，小麦产量愈高；随着林龄的增长，小麦产量逐年有所下降，至第四年小麦产量已很少。按种植小麦投入成本与收益核算，第一、二年有盈利、第三年持平，第四年负盈利。

在乌沙林场，在半郁闭林下进行了生姜和皖贝的林下间种。其产量都较露地种植的收益低，但通过试验，说明在半郁闭林下，可以间种生姜和皖贝（表8-17）。

表 8-15　间种小麦与未间种林木生长量对比

（胸径 D:cm　　树高 H:m　　密度:m）

林场	人工林密度	是否间种	1年				2年				3年				4年			
			H	%	D	%	H	%	D	%	H	%	D	%	H	%	D	%
乌沙	4×6	间种	4.5	104.6	4.3	104.9	8.4	110.5	9.2	115.0	12.2	120.8	16.4	124.2	14.3	115.3	19.8	122.2
		未间种	4.3	100	4.1	100	7.6	100	8.0	100	10.1	100	13.2	100	12.4	100	16.2	100
	4×7	间种	4.5	104.6	4.3	104.9	8.6	108.9	9.7	118.3	13.0	117.1	17.6	114.3	16.1	113.4	20.1	111.0
		未间种	4.3	100	4.1	100	7.9	100	8.2	100	11.1	100	15.4	100	14.2	100	18.1	100
	4×8	间种	4.6	107.0	4.5	104.6	8.8	108.6	10.2	112.1	13.9	117.8	18.4	116.5	16.9	115.8	20.2	108.6
		未间种	4.3	100	4.3	100	8.1	100	9.1	100	11.8	100	15.8	100	14.6	100	18.6	100
模范洲	6×5	间种	4.6	107.0	4.3	102.4	7.7	113.2	8.6	110.3								
		未间种	4.3	100	4.2	100	6.8	100	7.8	100								
	6×6	间种	4.6	107.0	4.2	102.4	7.8	113.0	8.6	106.2								
		未间种	4.3	100	4.1	100	6.9	100	8.1	100								

表 8-16　间种小麦产量

地　点	间作品种	人工林密度(m)	作物产量(kg/667m²)			
			1 年	2 年	3 年	4 年
乌沙林场	小麦	4×6	122.73	116.13	87.02	
		4×7	124.36	120.42	108.03	
		4×8	150.46	130.28	112.04	
模范洲林场		6×5	180.33	162.36	110.20	
		6×6	182.18	170.48	113.40	

表 8-17　生姜及皖贝林下间种产量统计

(单位:kg/667m²)

种植品种	林龄	1 试区	2 试区	3 试区	露地对照
生姜	3	170.6	171.2	149.4	184.5
	5	182.8	181.0	180.6	
	平均	176.7	176.1	165.0	
皖贝	3	315.8	309.8	330.8	333.7
	5	325.8	316.8	324.8	
	平均	320.8	313.3	327.8	

在郁闭林下,放置蘑菇菌包,培养蘑菇,可以获得较好的经济收益,在乌沙林场林龄 7 年的郁闭林下培育平菇与凤尾菇共计 667 平方米,与在室内培育的产量相比较,其单位面积产量高一倍多。表 8-18 所示是平均 1 平方米的产量。20 世纪 90 年代,在林下培养蘑菇的事例尚少,近几年用这种方法已经比较普遍。

表 8-18 蘑菇林下间种产量统计

(单位:kg/m^2)

室内		室外林下	
平 菇	凤尾菇	平 菇	凤尾菇
3.97	3.83	8.57	8.33

八、修枝技术及其对林木生长的影响

(一)修枝技术

按照适用于杨木的国家原木标准,大致可把杨木分为:大径原木(包括加工原木,旋切单板用原木);中径原木(包括直接用原木、次加工原木、檩材);小径原木(包括短原木、造纸材原木、椽材)。杨树丰产林因为大径、中径及小径原木的不同培育目标,在修枝技术方面亦有所不同。

1. 大径材用材林 为培育旋切单板用原木和大径的加工原木丰产林,修枝是一项不可忽略的重要措施。根据不同目的,杨树修枝可分为以下 3 个内容,即整形、修枝和清干。

(1)整形 整形修剪的目的是为了获得通直饱满的树干,整形工作从栽植当年开始,直至枝下高度到 8 米以上。使之 8 米内形成通直饱满的树干。苗木定植后,要逐株检查,对以下情况采取相应措施。

①由于机械损伤或虫害等原因,造成苗木顶芽损坏,如果在损坏部位的下方主枝上尚保留有壮芽数个时,应将顶梢回剪至最健壮的一个芽附近,剪口应在此芽以上 0.5~1 厘米处。在芽的着生处对侧上部下剪,剪口略微倾斜。因虫害损伤刺激,苗木顶部形成多头或丛生枝,应将其不正常部位全部剪除,剪口部位与上述相同。

②苗木梢头部分折断，断处以上无芽，只有侧枝，应选一较壮、较直的侧枝取代主枝。方法是将此侧枝以上部分全部剪去，如果还有与之竞争的侧枝，应同时剪除。

③在第一次整形修剪的当年秋季落叶以后，要对第一次整形工作进行检查。根据调查结果，视有无风折树或人、畜破坏的树木，进行第二次整形修剪。

(2)修枝　修枝的目的是为了获得无节良材，为培育胶合板的林分必须加强修枝工作，在造林后 1～2 年内不进行修枝，使幼树尽力发展树冠，迅速增加叶量，促进幼树生长，当下部侧枝的着生部位的树干直径达到 8 厘米时，即修去此处侧枝，以后随树干上端直径增长情况及侧枝基径大小和侧枝数量进行适度修枝，修枝强度按树冠与枝下高的比例确定，初期为 2∶1，后期为 2∶1～1∶1。

力枝又称卡脖枝，是树干梢头部位的壮芽形成的粗大侧枝。在力枝着生的上、下部位的树干直径有明显的差异，上部细下部粗，影响木材利用，及时将力枝修除后，可以促进主干通直圆满，及时修除力枝是修枝作业的重要内容之一。

力枝的修剪方法是：在造林的第一年的秋冬季节(11 月份至翌年 2 月份)，修剪上部的力枝，以后有选择性的修除力枝，既要保证有足够的叶量，又要保证树干圆满生长。一般在力枝基径达到 3 厘米左右，最多不能超过 4 厘米就要修除。

据高瑞桐研究员研究，杨树叶损失 50%以下，对树木生长无显著影响。因此在整形修枝过程中，损失的叶量控制在 40%以下，是完全可行的。

(3)清干　清干的目的是减少无价值的养分消耗，保证主干优质速生。清干的对象主要是由于不定芽萌发的萌条、徒长枝等。萌条及徒长枝的基部将随着主干的生长而包进主干木质部，形成新的活节，影响木材质量，因而要在造林后当年以至今后数年内经常检查树体，及时进行清干工作。

(4)修枝作业每年必须进行　主要有以下几项：一是在造林时，应选择苗木通直、具顶芽、无病虫害的苗木，造林前将苗木的残枝修除，然后再植苗造林。二是造林后当年及第二年主要进行清干及整形作业。三是造林后第三年及以后若干年内进行修枝及整形作业，如有清干内容，亦同时进行，直至枝下高度达 8 米以上为止。

2. 中径材用材林　以培育民用建筑材为主的次加工原木和檩材林，其材种实质是直接使用原木，用材时不需旋切加工，对修枝技术要求可稍从宽，在整形、修枝、清干 3 部分内容中，重点是整形、清干和修除力枝，方法同前。修枝作业可进行轻度修枝，树冠与枝下高的比例最终达到 2∶1 即可。

3. 小径材用材林　对于培育造纸材及人造纤维板为主的纤维材林主要用于造纸、削片，除树干外，枝杈木都能得到充分利用。在整形作业中不需修卡脖枝，修枝作业只修除枯枝、断枝，对清干作业仍正常进行。

4. 修枝作业方法

第一，修剪侧枝时，必须紧贴树干剪除，不允许留茬。

第二，切口要保持平滑，更不允许撕裂树皮。

第三，修枝季节，一年四季都可进行清干、整形和修枝，夏季修枝后，不易再生新的侧枝。

第四，修枝工具：修枝剪、高枝剪、手锯。

(二)修枝对杨树生长的影响

修枝可以提高木材质量是众所周知的，但能否影响林木生长，未见有可信赖的试验数据，为此，笔者与杨志敏博士进行了专门研究。

1. 试验方法

第一，在模范洲林场 I-69/55 杨株行距 6 米×6 米的人工林内设置修枝试验林 12 950 平方米)，造林后第一年即设修枝强度为

1/4、1/3、1/2 及不修枝对照，3 次重复随机排列，每小区 30 株，每年冬季按计划修枝。

第二，乌沙林场在 I-69/55 杨株行距 4 米×6 米的人工林内，设置修枝试验林 2 134 平方米)，修枝强度 1/2、1/3 及不修枝作业对照，在造林后第四～七年间，每种修枝强度 30 株，每年冬季按计划进行修枝。

第三，冬季分小区逐株调查树高及胸径，并在乌沙林场试验地林龄已达 7 年时的冬季，对每一试验小区抽取 5 株平均木测量树干 0.5、2.0、4.0、6.0 米处直径，计算其平均值。

第四，内业用计算机统计分析，选择适宜生长模型，研究其不同修枝强度的差异性。

2. 试验结果

第一，由于及时修枝，修除的侧枝基部都在 2 厘米以内，修除后伤口很快愈合主干不留疤痕。在树干 8 米以内达到了无节标准，提高了主干的质量。

第二，不同修枝强度 1～5 年生长过程如表 8～19。

表 8-19 模范洲林场不同修枝强度生长过程

(树高 H：m 胸径 D：cm)

林龄	1/4		1/3		1/2		不修枝	
	H	D	H	D	H	D	H	D
1	4.77	4.98	4.98	5.24	4.83	5.12	4.97	5.24
2	7.33	8.80	7.68	9.40	7.45	9.12	7.72	9.46
3	9.42	12.27	9.90	13.24	9.60	12.78	9.98	13.35
4	11.26	15.54	4.85	16.88	11.49	16.23	11.98	17.06
5	12.92	18.67	13.62	20.37	13.21	19.53	13.80	20.63

第三，乌沙林场不同修枝强度的生长量及第七年树干不同部位的直径如表 8-20。

表 8-20　乌沙林场不同修枝强度生长量

（实测平均值）（树高 H：m　胸径 D：cm）

树龄		1/3		1/2		不修枝	
		H	D	H	D	H	D
4		15.68	16.19	16.47	18.98	15.82	18.54
5		17.04	17.81	17.99	20.65	17.52	20.31
6		18.56	20.89	19.46	21.31	19.17	21.21
7		20.44	22.82	20.55	22.65	20.55	22.82
7 年树干不同部位直径	$D_{0.5}$	24.94		25.01		24.86	
	$D_{2.0}$	21.89		21.74		21.69	
	$D_{4.0}$	19.52		18.80		15.72	
	$D_{6.0}$	17.76		17.40		14.29	

3. 分　析

第一，模范洲林场及乌沙林场的修枝试验结果都表明：不同的修枝强度对林木生长没有影响。此点从表 8-19 及表 8-20 的生长量即可明显的看出，不同修枝强度及不修枝相互间的生长量是如此接近，不需作任何差异性分析。

第二，从在乌沙林场的试验可知：不同的修枝强度对树干完满度有着明显的影响，以不修枝的为 100%计算，不同部位直径值，修枝 1/3 的（按 $D_{0.5}$、$D_{2.0}$、$D_{4.0}$、$D_{6.0}$）增长值顺序为 0%、0.9%、24.2%、24.3%，修枝 1/2 的增长值顺序为 0.6%、0.2%、19.7%、16.8%。

第三，从培育 8 米无节良材及为修枝所费工时来看，应当认为：修枝 1/3～1/2 为最佳方案。

4. 小 结

在模范洲林场及乌沙林场，经过 4～7 年经过不同修枝强度的修枝定位试验后，可以认为。

第一，为培育工业用材林，在经营期间进行合理修枝是必不可少的。

第二，从修除侧枝量 1/2～1/4 修枝强度来看，对林木生长都没有明显差异。为在轮伐期内达到 8 米树干无节，修枝强度应在 1/3～1/2 为宜。

第三，修枝对树干的完满度有明显的改善，如果将立木伐倒后进行原木造材，其原木检尺径将大于未修枝的，从而增加造材后原木的材积量。

第四，杨树人工林修枝作业，对林木的质量和材积量两个方面都有所提高。

九、虫害的防治

（一）人工林内的虫害种类

笔者从 1990 年至 1997 年对长江沿岸 6 个县（市）14 个林场实地调查，2002 年、2004 年又进行了重复调查加上有关县、市专业人员提供的资料，归纳起来，在杨树人工林中常见的虫害如下。

1. 叶部害虫

杨扇舟蛾 *Clostera anachoreta* Fabr

杨小舟蛾 *Micromelalopha troglodyta* Graeser

杨黄卷叶螟 *Botyodes diniasalis* Waluer

分月扇舟蛾 *Clostera anastomosts* Linnaeus

杨二尾舟蛾 *Cerura menciana* Moore

杨毒蛾 *Stilpnotia candida* Staudinger

舞毒蛾 *Lymantria dispar* Linnaeus

黄刺蛾 *Cnidocampa flavescens* Walker

杨尺蠖 *Apocheima cinerarius* Erschoss

杨枯叶蛾 *Gastropacha populifaia* Esper

大袋蛾 *Clania variegata* Snellen

蓝目天蛾 *Smerinthus planus*

柳残夜蛾 *Colobochyla salicalis*

玉米螟 *Ostrinia furnacalis*

2. 枝干害虫

桑天牛 *Apriona germari* Hope

云斑天牛 *Batocera horsfieldi* Hope

柳蓝叶甲 *Plagiodera versfidldi* L.

皱背叶甲 *Abiromophus anceyi* L.

西伯利亚绿象甲 *Chlorophanus sibirjcus*.

(二)为害概况

杨扇舟蛾和杨小舟蛾是杨树叶部主要为害虫种，6月份至9月份几乎每年都发生大面积为害，1984年连续为害范围涉及铜陵、贵池、枞阳、怀宁、望江、安庆、太湖、桐城、岳西诸县、市。在虫情发生2天内能将大面积成片杨树林树叶全部吃光。笔者调查，虫害大发生时，在一株胸径18厘米的I-69/55杨树的树叶上就有千余头幼虫。杨黄卷叶螟、分月扇舟蛾、杨二尾舟蛾为害程度较轻，舞毒蛾、黄刺蛾、杨尺蠖为害较轻微，大袋蛾、蓝目天蛾、柳残夜蛾比较少见。玉米螟在1～2年生幼树上可见，一旦发生，数量较多。

蛀干害虫以桑天牛为害严重，云斑天牛较少，在汉中平原则以云斑天牛为主。一些杨树品种，遭受天牛为害树木往往达到100％。柳蓝叶甲、皱背叶甲、西伯利亚绿象甲少有发现。

分析虫害发生的原因，大致有以下几个方面。

其一，林地经营粗放。杨小舟蛾等食叶害虫主要在枯枝落叶中化蛹和越冬，凡害虫发生严重的林地，大多数长年不进行中耕除草，林内杂草丛生，枯落物很多，不仅给食叶害虫化蛹和越冬提供了良好的保护场所，还为其产卵繁殖后代提供了良好的条件。

其二，在林地附近有多种供天牛补充营养的植物、桑天牛成虫期以桑树、构树等木本植物，云斑天牛成虫期以蔷薇科和白蜡等木本植物作为补充营养才能完成成虫期性成熟。在沿江各林场，无论在田头、渠边、沟岸、林内或宅旁，到处都可见桑树、构树和野玫瑰等，为天牛成虫提供了丰富的补充营养食物资源，使其白天在这些植物上取食交尾，夜晚飞到杨树上产卵繁殖后代，造成天牛为害杨树十分严重的局面。

其三，气候适宜，为害虫繁衍提供了有利的环境条件。分月扇舟蛾等食叶害虫在北方每年只有3～4代，而在长江沿岸每年可达6～7代，特别是杨小舟蛾喜欢高温多雨的气候条件，因此长江中下游各地特别适宜它的生存。桑天牛幼虫为害柳树和柑橘等树木时，2年发生1代，而为害杨树时，变为1年1代或2年1代，缩短了繁衍周期，增加了繁殖速度，使杨树的被害率逐年增加。

（三）虫害的防治方法

1. 营林措施防治虫害

第一，在林地每年都要中耕深翻，清除杂草和带有病菌、虫卵的落叶，破坏害虫化蛹越冬场所，破坏害虫生态系统的繁殖链，减少虫害发生概率。

第二，加强林内间种、施肥、灌溉、合理修枝等集约经营措施，促进林木旺盛生长，增强林木免疫力，经常查看虫情和病情，做到及时发现问题及时治理，对被害虫为害严重、被害率达70%以上的林木，最好进行采伐更新，对伐除的被害木要妥善处理，防止害虫蔓延，最好将被害树木搬离现场销毁。

第三，选择抗虫能力强的杨树品种，逐步更新已经被证明感虫率高的杨树品种。当前，已经有一些抗叶部害虫或抗蛀干害虫的杨树品种选育成功并在生产中得到应用。

第四，积极清除杨树人工林周边及林内的天牛补充营养植物，断绝天牛的补充营养源。

第五，创造适宜天敌生存繁殖的环境条件，在林内积极保护天敌昆虫的生存。

2. 化学药剂防治虫害

第一，叶部害虫，在害虫取食阶段，喷洒10%广效敌杀死乳油2 000～3 000倍液，或90%敌百虫1 000倍液，或50%辛硫磷乳油1 500倍液，都有较好的杀虫效果。用黑光灯诱杀成虫亦有良好杀虫效果。

根据高瑞桐研究员研究，在杨树叶损失50%或以下时，对树木生长影响不显著，可以不采取防治措施。因此，对食叶害虫的防治，不必见虫即治，可在为害范围较广，树叶损失50%以上时再进行防治。

第二，蛀干害虫，比较常用且又经济简便的方法是用乐果、敌敌畏乳油100～200倍稀释液，注射天牛排泄孔，可取得良好效果。

3. 林内招引益鸟防治虫害　为防止杨树害虫，采用招引益鸟防治虫害，是一种值得提倡的方法。为观测益鸟对杨树害虫防治效益，笔者和朱利、汪英桃于1991、1992、1993年在乌沙林场进行了3年的研究试验。林场总面积333.3公顷，杨树人工林291.6公顷，其中2年生36.2公顷，3年生39.3公顷，4年生182公顷，5年生34.1公顷。林分集中连片，构成了理想的人工林生态环境。

在3年研究期间，在林内设置6条固定调查线路，每年1、3、6、8、9、11月份的单数日清晨5～7时，下午13～14时，傍晚18～20时，按线路调查益鸟种类和数量；每2公顷设置1个人工鸟巢招引啄木鸟并定期调查招引效果。

通过观察与调查，林内有以下14种益鸟：

大斑啄木鸟 *Dendrocopos major*

绿啄木鸟 *Picus conus*

灰喜鹊 *Cyanopica cyans*

大杜鹃 *Cuculus canorus*

白头鹎 *Pycnontus sinensis*

柏劳 *Lanius sp*

黑鸫 *Turdus merula*

黑枕黄鹂 *Oriolus chinensis*

大山雀 *Parus major*

斑鸠 *Streptopelia orientalia orientaris*

八哥 *Acridotheres cristatellus cristatellus*

喜鹊 *Pica pica*

家燕 *Hirundo restica*

麻雀 *Passer montanus saturatus*

其中以灰喜鹊、麻雀、黑鸫、白头鹎、柏劳、大山雀最多，灰喜鹊有 3～6 群，每群 15～30 只不等，常在林中成群飞翔和停息在林木上部觅食，黑鸫、白头鹎、柏劳、大山雀亦常见在林中树木间飞跃觅食。啄木鸟数量较少，平均 40 公顷林地，第一年只有 4～6 只，设置鸟巢后，逐渐增多，至第三年下半年，增至 8～10 只。益鸟总数在 3 000～4 000 只，平日常可听到鸟鸣不断，清晨和黄昏时分尤多，由于在试验期间 3 年内，实行保护措施，禁止捕捉鸟类，3 年间鸟类增加 35%左右。

(1)除虫作用　灰喜鹊多为成群觅食，其他鸟类多单独觅食，无论是留鸟或候鸟，多以捕食鳞翅目幼虫为主，捕食量较大。因为林内鸟多，食量大，对害虫的为害能起到抑制作用。

大斑啄木鸟、绿啄木鸟啄食树皮下的害虫时，被害处留有被啄破的痕迹，啄食蛀入木质部的害虫时，留有啄虫孔，以此可以检查啄木鸟的捕食量。啄木鸟捕食害虫，以擅长啄食蛀干害虫为主，同时也啄食食叶害虫，根据 3 年调查，啄木鸟在杨树林内捕食害虫种类及除虫作用见表 8-21。

表 8-21 大斑啄木鸟、绿啄木鸟在杨树林内食虫种类初查统计

昆虫种类			危害林木部位	为害程度	啄食虫态	啄食季节	除虫作用	材料来源
目	科	虫名						
鞘翅目	天牛科	桑天牛	树干	＋＋＋	幼虫	冬春	较好	调查
		云斑天牛	树干	＋＋	幼虫	冬春	较好	调查
鳞翅目	舟蛾科	杨扇舟蛾	叶	＋	幼虫、蛹、成虫	夏秋	较好	调查
		杨小舟蛾	叶	＋	幼虫、蛹、成虫	夏秋	较好	调查
		杨二尾舟蛾	叶	＋	幼虫、蛹、成虫	夏秋	较好	调查
	尺蛾科	杨尺蠖	叶		幼虫			调查

(2)讨论

①大斑啄木鸟、绿啄木鸟是典型的森林益鸟，在杨树林内无论是人工招引还是自然营巢，都能有效控制天牛为害，对食叶害虫也能有抑制作用。通过 3 年调查研究说明，利用大斑啄木鸟、绿啄木鸟防治杨树林内害虫，尤其是防治桑天牛、云斑天牛蛀干害虫，是一项良好的生物防治措施。大斑啄木鸟和绿啄木鸟对环境要求不严，在长江中下游冲积洲环境比较适应，巢居稳定，一年四季都可啄食害虫，除虫效果比较持久和显著。

②杨树林内的各种留鸟和候鸟，对鳞翅目尤其是舟蛾科昆虫扑食量比较大，灭虫效果显著，人工保护林内各种鸟类显得十分重要。

③应指出的是，在正常年景，益鸟确实能够起到抑制害虫的发生和蔓延，能起到生态平衡的作用，但不能制止虫害的大发生。应当认为：在进行益鸟防治虫害的同时，还要实施营林防治和药剂防治。

参考文献

［1］ 陈永密. 洞庭湖区地下水位与洪水连续淹没期对杨树生长影响的研究. 湖南株洲：中南林学院学报，1993 .

［2］ 汪天骥. 美洲黑杨不同造林密度解析木生长量及经济效益研究与分析. 安徽合肥：安徽林业科技，1996，4.

［3］ 高瑞桐. 桑天牛喜以杨树、桑树为补充营养的原因及其应用的初步研究. 北京：林业科学，1994，7 .

［4］ 高瑞桐. 云斑天牛补充营养习性及与寄主树关系的研究. 北京：林业科学研究，1995，8.

［5］ 黄大庄. 桑天牛幼虫活动的规律. 哈尔滨：东北林业大学学报，1997，11 .

［6］ 孙丽艳，韩一凡. 对云斑天牛中有不同抗性的杨树品种中化学物质的分析. 北京：林业科学，1995，7.

［7］ 卞学瑜，韩一凡. 不同杨树无性系对云斑天牛抗性差异机理的研究. 北京：林业科学研究，1993，7.

［8］ 方升佐，等. 杨树超短轮伐期经营的生产力及材性的研究. 北京：林业科学，1996，7.

［9］ 曹福亮，等. I-69/55 杨速生丰产林栽培原理与实践. 南京：南京林业大学学报，1994，9.

［10］ 梁军，等. I-69/55 杨生长过程分析和生长阶段划分. 北京：林业科学研究，2000，13.

［11］ 梁军，等. I-69/55 杨胶合板用材林最佳造林密度研究. 南京林业大学学报，1998，3.

［12］ 梁军，等. I-69/55 杨胶合板用材林优化栽培模式. 南京：南京林业大学学报，1995，12.

[13] 柴修武.不同肥料效应对 I-69/55 杨木材性质影响研究.林业科学,1993,29.

[14] 柴修武.短轮伐期 I-69/55 杨林分密度与材性的关系.北京:林业科技通讯,1991(5).

[15] 鲍甫成.人工林杨树木材性质与单板和胶合板质量关系的研究.北京:林业科学,1998,34(6).

[16] 单之蔷.三峡的河湖之变.中国国家地理,2003,6.

[17] 马军.恩怨话江湖——对长江中下游湿地生态忧思.中国国家地理,2004,5.

[18] 李世杰,等.我国湖泊的分布与演变.中国国家地理,2005,2.

[19] 单之蔷.中国的水乡在青海.中国国家地理,2005,2.

[20] 刘晶,等.我们对湿地的关注.中国国家地理,2004,5.

[21] 印红.湿地公约:人与自然之约.中国国家地理,2005,2.

[22] 南京林业大学,北京中林伟业科技发展公司.北京:南林 95、895 杨技术手册,2002,11.

柑橘整形修剪和保果技术	7.50元
柑橘整形修剪图解	8.00元
柑橘病虫害防治手册（第二次修订版）	19.00元
柑橘采后处理技术	4.50元
柑橘防灾抗灾技术	7.00元
柑橘黄龙病及其防治	11.50元
柑橘优质丰产栽培300问	16.00元
柑橘园艺工培训教材	9.00元
金柑优质高效栽培	7.00元
宽皮柑橘良种引种指导	15.00元
南丰蜜橘优质丰产栽培	9.50元
无核黄皮优质高产栽培	5.50元
中国名柚高产栽培	6.50元
沙田柚优质高产栽培	9.00元
遂宁矮晚柚优质丰产栽培	9.00元
甜橙优质高产栽培	9.00元
甜橙柚柠檬良种引种指导	16.50元
锦橙优质丰产栽培	6.30元
脐橙优质丰产技术	14.00元
脐橙整形修剪图解	4.00元
美国纽荷尔脐橙优质高产栽培	11.00元
红江橙优质高效栽培	5.50元
脐橙树体与花果调控技术	8.00元
椪柑优质丰产栽培技术	9.00元
温州蜜柑优质丰产栽培技术	12.50元

橘柑橙柚施肥技术	7.50元
砂糖橘优质高产栽培	12.00元
柠檬优质丰产栽培	8.00元
香蕉无公害高效栽培	10.00元
香蕉优质高产栽培(修订版)	10.00元
荔枝高产栽培(修订版)	6.00元
荔枝无公害高效栽培	8.00元
怎样提高荔枝栽培效益	7.50元
杧果高产栽培	5.50元
怎样提高杧果栽培效益	7.00元
香蕉菠萝芒果椰子施肥技术	6.00元
香蕉菠萝病虫害诊断与防治原色图谱	8.50元
香蕉贮运保鲜及深加工技术	4.50元
菠萝无公害高效栽培	8.00元
大果甜杨桃栽培技术	4.00元
仙蜜果栽培与加工	4.50元
龙眼早结丰产优质栽培	7.50元
龙眼枇杷梅李优质丰产栽培法	1.70元
龙眼荔枝施肥技术	5.50元
龙眼荔枝病虫害诊断与防治原色图谱	14.00元
怎样提高龙眼栽培效益	7.50元
杨梅丰产栽培技术	7.00元
枇杷高产优质栽培技术	6.00元
枇杷无公害高效栽培	8.00元
大果无核枇杷生产技术	8.50元
橄榄栽培技术	3.50元